「りやっ!」

人　物　紹　介

灼純花
【シャク・チュンファ】

夏の季節、南の朱雀を司る灼家の姫。
四夫人の一人 (賢妃) で依依の双子の妹。
姉と出会い我儘な性格が変わりつつある。

陸宇静
【リク・ユージン】

清叉軍で将軍を務める青年。
屈強な武人。負けず嫌いで不器用。
自由奔放な依依に振り回されながらも彼女から目が離せないでいる。

陸飛傑
【リク・フェイジェ】

退屈を嫌う香国の若き皇帝。
宇静の腹違いの兄。
優秀な為政者だが腹黒さも併せ持つ。
破天荒な依依に興味を持つ。

樹桜霞
【ジュ・インシァ】

春の季節、東の青龍を司る樹家の姫。四夫人の一人 (貴妃)。
二胡の演奏が得意で、 争い事を好まないおしとやかな少女。

円深玉
【エン・シェンユ】

秋の季節、西の白虎を司る円家の姫。四夫人の一人 (淑妃)。
舞踊の才に秀で、容姿の華やかさは妃嬪随一。

楊依依
【ヤン・イーイー】

灼家の血を引く天真爛漫な少女。
本名は灼依花《シャク・イーファ》。
食べることと鍛えることと妹の純花が大好き。
恋愛事にはかなり鈍感。
普段は男装し清叉軍の武官として暮らしている。

潮桂才
【チョウ・グイツァイ】

冬の季節、北の玄武を司る潮家の姫。
四夫人の一人 (徳妃)。依依に惹かれている。詩吟とまじないを得意とする。

あらすじ

賢妃である妹純花をそばで見守るために皇帝付き武官としての生活を続けていた依依。
ある日、皇帝飛傑に呼び出されると妹と友人になってもらいたいと告げられる。

皇妹瑞姫は呪われた姫と噂されており原因不明の病で臥せっていた。
彼女と対面し、助けたいと動き出す依依。
すると呪いの正体は皇太后の失墜を企んでいた南王の母からの贈り物、
鴆毒の簪が原因であることを突き止める。

時を同じくして、侵され続けた毒により瑞姫は危篤に陥ってしまう。
自身が処方した解毒薬の効果を証明するため、依依自ら猛毒をその身に受ける。
意識が朦朧とする中で誰かが口移しによって薬を飲ませてくれ、そのまま気を失うのだった。

その後、無事に薬が効いた依依と瑞姫は回復に向かうのだが薬を飲ませてくれた相手が誰なのか
気付かない依依に飛傑と宇静は様々な反応を見せる。
口移し（接吻）をしたのは果たして――。

目次

第一章
いざ、温泉宮へ
011

第二章
正体不明の襲撃者
035

第三章
迷宮を行く四人
066

第四章
錯綜する思惑
085

第五章
導きの夜《や》明《めい》珠《しゅ》
132

第六章
清叉軍との合流
164

第七章
黒布の正体
190

第八章
二人からの告白
211

第九章
温泉宮でのひとときき
257

第十章
後宮への帰還
269

書き下ろし番外編
宴の夜
282

第一章　いざ、温泉宮へ

その日、十二歳の依依《イーイー》は浮き足立っていた。

それもそのはず。今日、初めて用心棒としての依頼を受けたのである。

依頼主は数日前から村に滞在している若い男だ。商人だという男は仕事の都合で西の村に向かう予定なのだが、珍しくて高価な薬草や薬を運ぶため、盗賊に襲われないか不安なのだという。

腕の立つ人間がいないか村中で聞き回った彼は、誰もが口を揃えたように依依の名前を出すものだから、頼りにして訪ねてきた。

依依が女だと知り、最初はがっかりしたようだが、修行に励む姿を見て考えを改めたらしい。目的地まで、ぜひ依依に護衛をお願いしたいと依頼してきたのだった。

無論、依依は二つ返事で引き受けた。

「むふふ、むふふふ」

出立は明日の早朝だ。薄い座布団に胡座《あぐら》をかき、拭紙《ぬぐいがみ》で槍穂の手入れをする依依の口元は笑みの形に緩んでいる。

お礼はたっぷり弾む、と言われれば、やる気が出ないはずもない。

それに用心棒の仕事とは、いかにも依依向きで腕が鳴るではないか。用心するに越したことはないが、盗賊や夜盗に襲われたとしても、依依は問題なく撃退できる自信があった。若晴《ルオチン》には負け越しているが、彼女ほどの実力を持つ刺客など滅多にいないだろう。いるとしたら、むしろ手合わせ願いたいところだ。

だがそんな依依の心境に、水を差す声があった。

「本当なら、あたしがこの依頼を受けるべきだったんだけどねぇ」

深く嘆息してみせるのは若晴である。

一月前、若晴は転倒して足を怪我してしまった。問題なく歩けるようにはなったが、それから武器を持つことはしていない。

それはともかく、聞き捨てならない発言だった。依依に武芸を叩き込んだのは他でもない、目の前の老女だというのに。

「若晴、私の腕が信用ならないっての？」

別に天狗になっているわけではないが、実力不足だと認識されているのは納得がいかない。西の村はここから歩いて三日ほどの距離にあり、道中もさして険しくはないのだ。

子どもっぽく唇を尖らせる依依に、若晴は肩を竦めてみせた。

「むしろ、信用しているからこそ心配してるのさ」

「……ん？　どういうこと？」

若晴の言葉の意味が分からず、依依は首を捻《ひね》る。

「依依、あんたは確かに戦い慣れしてる。その年齢で武器の扱いも大したものさ。そんじょそこらの刺客なんかじゃ、あんたにゃ手も足も出ないだろう」

「そんな。若晴ったら褒めすぎよ」

常日頃から厳しい育ての親からの、思いがけない褒め言葉である。

頭をかいて照れる依依だったが、若晴は武器の扱いを指南するときと同じ口調で続ける。

「でもね。敵は万全の状態であんたを戦わせちゃくれないよ。食事中や、食後の眠いときに襲いかかってくるかもしれない。寝てるときかもしれない。用を足している最中かもしれない」

ようやく依依にも、若晴の言わんとする一端が摑めてきていた。

「それなら、ひとときたりとも気を抜かないようにするわ！」

「馬鹿だね、西の村までどれだけあると思ってるんだい。何日間も集中が持つわけないだろう」

呆れられれば、いよいよ依依はむっと頰を膨らませる。

「それに気候だってあんたの味方をしない。地の利のない場所で、強い雨に降られたらまともに歩き回ることもできないよ。護衛対象が想定外の動きをして、あんたの判断を鈍らせることもあるだろうね。あんたの腕っ節だけじゃどうにもならないことが、次から次へと出てくるはずさ」

それこそ言い出したらきりがない。

そんな不服を前面に出して、依依は問いかける。

「じゃあ私、どうしたらいいの?」

怪我をした若晴と交代することはできない。では自分には無理ですと、一度は引き受けた依頼を投げ出すしかないのか。

だが、若晴は断るようにとは言わなかった。

「あたしに言えるのはひとつだけだ」

老女は、顔の前で一本の指を立ててみせる。

「護衛対象をよく理解すること。——以上」

依依はぽかんとする。

「……え? それだけ? 敵についてとかは?」

「誰が敵なのか、敵になるのかも分からないのに、いちいち理解するなんて無理だろう。それにあんたは自分の肉体や心については、じゅうぶん理解できているからね」

あとはこのひとつをどうにかすればいい、と若晴は言う。

「……若晴はいつも、難しいことを言うわ」

しかしこの厳しい師から、越えられない試練を与えられたことはない。

依依は愛用の槍を鞘《さや》に戻してから、眉根を寄せる。じっくりと考え込む娘の様子を、若晴は無言で見守っていた。

——香国《キョウコク》。

かぐわしい香り漂うその国で、最も華やかな花が咲き誇る地はどこかと問われれば、多くの人々が都にある後宮だと答えることだろう。

そして豪華絢爛な後宮内でも屈指の麗しき花といえば、無論、誰もが皇帝の妃たる四夫人を思い浮かべる。

東の青龍を司る樹《ジュ》家より、貴妃《きひ》である桜霞《インシア》。

西の白虎を司る円《エン》家より、淑妃《しゆくひ》である深玉《シェンユ》。

北の玄武を司る潮《チョウ》家より、徳妃《とくひ》である桂才《グイツァイ》。

南の朱雀を司る灼《シャク》家より、賢妃《けんひ》である純花《チュンファ》。

秋らしい、つんと澄み渡った空の下。

赤く色づいた葉が、はらはらと枝から舞い落ちる中——そんな四夫人が一堂に会する茶会は開かれていた。

その場は、通りすがる宮女や女官が思わず足を止め、ほぅと溜め息を吐《つ》いて見惚《みと》れるほどに色鮮やかである。

だが見た目の麗しさとは裏腹に、四人はそれぞれ覚悟をもって茶会に臨んでいた。

その中でも、一世一代の戦いに挑む戦士のように、華奢《きゃしゃ》な肩に気合いを漲《みなぎ》らせているのは純花である。

(今日だけは……今日だけは、負けられないわ!)

そんな彼女たち四人が輪になって囲んでいるのは、大きな硝子《がらす》製の水盤だ。

水盤には澄んだ水がたっぷりと張られている。

今まさに、古い茶器を傾けてそこに水を注ぎ終えた深玉が、用意していた銅貨を空になった茶器へと落とした。

からん、と甲高い音が、蓋の向こうへと消えていく。濡れた茶器の注ぎ口を布で拭うと、それこそ水が滴るほど妖艶に、深玉は微笑んでみせた。

「さぁ、これで賭けの準備ができましたわぁ」

賽に花札、お茶の目利きなどなど。

他国から持ち込まれたものを含めて、香国で行われる賭け事にはそれこそいくらでも種類があるが、今回、四人が挑戦するのは銅貨落としと呼ばれる賭博である。

勝負方法は単純明快。蓋のついた器に銅貨を入れ、水を注いだ水盤に沈める。参加者は器の中の銅貨の裏表を言い当てて、勝敗を決めるというものだ。

不正を防ぐために、参加者は予想を口にする際に、必ず順番に器を手に持つ。その際に器を揺らしたり、振ったりしてみても構わない。

禁止されるのは蓋を開けたり、中を覗き込もうとする行為だけだ。子どもでもできるような簡単な賭け事で、地域によって細かく異なるが似たような種類の賭けがある。

つい先ほど、この方法を提案したのは深玉だ。

いつも偉そうで高飛車な深玉。彼女と純花は犬猿の仲だ。初めて後宮で顔を合わせたとき、赤い髪を「高く売れそうだわねぇ」と評されたときから、純花は深玉に対して苦手意識を持っている。

だから深玉の提案というだけで、当初の純花は反発する心積もりだったのだが——。

「わたしは問題ありません」

「こちらも構いません」

「え、あ」

先に桜霞や桂才が返してしまったので、言葉に詰まってしまう。

にやりと笑った深玉が、「灼賢妃は？」と回答を促してきた。

「わ、わたくしもっ……良くってよ」

ぷいと顔を背けながら、純花はそう言うしかなかった。そんなやり取りを経て、深玉は銅貨落としの準備に粛々と励んでいたというわけである。

家柄も立派で、それぞれ気品があり、立ち振る舞いも威風堂々としている四夫人——そんな彼女たちが相手だと、純花は常に一歩引いてしまうところがある。

（でも、やっぱり反対すべきだったかも）

商才に優れる円家出身の深玉のこと。きっと常人には思いつかないようなずる賢い手段を、勝負の場にだって持ち込むはず……。

「では灼賢妃から、表か裏か宣言してもらえる？　宣言のあと、選択を変えるのはだめよ。その次は灼賢妃の左隣の潮徳妃、樹貴妃、あたくしという順番でいいかしらね」

「わたくしからっ？」

動揺した純花の声がひっくり返る。それだけで深玉が、まぁっと目を見開いた。

「あらあらぁ、茶器から大きな音がしたわね。今の灼賢妃の声だけで、銅貨がひっくり返ったみたい！」

（いちいちいやみったらしい！）

ぐにゃりと顔を歪めつつ、純花は一生懸命に観察する。

水盤に何か、怪しい仕掛けはないだろうか。茶器や、蓋はどうだろうか。

中の銅貨はどうだっただろう――と思い出そうとするけれど、純花には不自然な点は見つけられなかった。

小道具を扱う深玉の手つきにも、おかしなところはなかったように思う。同じように間近で見ていた桜霞や桂才が何も言わないので、彼女たちも同じ見解のはずだ。

（でもわたくしから選ばせるってことは、きっと何かしらの魂胆があるはずで……）

「どうしたの、灼賢妃。もし先に選ぶのがおいやなら、あたくしから選びましょうかぁ？」

そう思っていたのに、あっさりと翻されそうになる。

単に、純花が穿《うが》った見方をしていただけだろうか。茶器に手を伸ばそうとする深玉を、慌てて純花は制止する。

「い、いいわ。わたくしから選ぶわ」

卓子に置かれた茶器を手に取ると、耳に当てるようにしながら、軽く上下に振ってみる。中からは銅貨が動く音が反響して聞こえてくる。しかし当然ながら中身は見えず、天を向いているのが表か裏かは分からない。

四夫人、それに控える女官の注目の視線を浴びて、純花の焦りは加速していく。

もはや冷静に、何かを考える余裕はない。確率は二分の一なのだし、予想が当たるかどうかは結局、運でしかないのだ。

純花は茶器を卓子に戻し、ごにょごにょと宣言する。

「え、ええと……お、表にするっ」

「表ね。じゃあ次、潮徳妃」

「……裏で」

人並み外れた異質な雰囲気の持ち主である桂才が、茶器の取っ手に指だけちょんと触れて宣言する。

何やら怪しげな術を使うという桂才のことなので、勘は鋭そうだ。そんな彼女と真逆の選択肢を選んだことに純花は不安を覚えるが、選び直すことはできない決まりだ。

「次は樹貴妃よぉ」

「では、表にいたします」

桜霞は茶器を手に取り、楽しそうに揺らしている。

「せっかくなので、灼賢妃と同じ選択にしてみました。こういった遊び……賭け事というのは初めてですが、なんだかわくわくしますね」

「そ、そう……」

純花は気の利いたことがまったく言えなかった。緊張して、それどころではないのである。

「樹貴妃と灼賢妃は表。潮徳妃と、残ったあたくしは裏になるわね」

そうして茶器は一周回って、深玉のもとに戻る。

彼女は適当に茶器を振ってから、横に控える女官へと手渡す。

「これを水盤に沈めてちょうだい」

女官が頷き、茶器を動かす様を、純花は息を呑んで見ている。

ばくばくと心臓が激しく騒いでいる。両手を祈りの形に組んで、純花は心の中で叫んだ。

絶対に。絶対に、今日だけは負けられないのだ。

なぜならば。

（お姉様と一緒に温泉に入るのは、わたくしなんだから！）

そうして運命を決める、茶器の蓋が開かれる――。


「お、んっ、せ、んっ、だぁ～!!」

その日の訓練が終わるなり、宮城裏にある巨大な訓練場には三人分の歓声が響いていた。

今日は騎兵、槍兵、弓兵それぞれを混合した部隊を二つに分けて、実戦的な訓練を行っていた。

模擬戦なので、剣や槍は刃をつぶし、飛び交う矢には矢尻をつけていないのだが、鎧越しでも当たれば、当然ながらそれなりに痛い。

栗毛の駿馬《しゆんめ》から降り立った依依は、騒ぐ牛鳥豚の兜を握り拳で軽く叩く。

「ちょっと、うるさいわよ」

「うっす！　すんません大哥《ダーグー》！」

すかさず、地面をずざざっと膝で滑って牛鳥豚が平伏する。

そんな四人組の後ろを、「またやってるよ」と言いたげな顔をして他の武官が通り過ぎていく。

「来月のことだっていうのに、今から浮かれてどうするの。私たちの役目は皇帝陛下たちの護衛なんだから、気を引き締めなきゃだめ」

「大哥のおっしゃる通りっす！」

「温泉楽しみっす！」

「温泉卵食べたいっす！」

（ぜんぜん引き締まってないわ）

きらきらと輝く六つの目に見返され、呆れる依依だが……。

（でもなかなかどうして、上達してきたわ。体つきも良くなったし）

ふむ、と顎に手を当てて頷く。

一日中、重い鎧を着け武具を握って、厳しい訓練をしたあとなのだ。身体には疲労が蓄積しているだろうに、これだけ俊敏に動けるのはまだ体力が余っている証拠である。

それに三人とも訓練中の動きが冴えていた。普段の地道な基礎訓練が、着実に彼らの身についているということだ。

（さすが将軍様ね）

依依は一武官でしかないが、ときどき宇静《ユージン》に求められて訓練方法について意見を出している。

宇静の編み出した訓練法は見事なものだ。最初は地道な体力の向上、次に筋力の増強と、基本的な部分を固めてから本格的な対人戦に、そして白兵戦の指導へと移行した。

自分の身体はどうすれば速く、長く動くのか。動かし方を理解した上で臨むからこそ、やる気さえあれば多くの武官が実力を伸ばすことができる。

（今のところ、戦場に行く予定はないけど）

清叉《せいさ》軍の役割からして、今後もそんな日が来ることはないだろう。

「依依、将軍閣下がお呼びですよ」

「はい、分かりました！」

呼びに来た空夜《コンイエ》に礼を言い、依依は馬を預けてその場を離れる。

「三人とも、そんなにやる気が有り余ってるなら閣下が訓練を追加するぞとおっしゃって」

「うわーっ、疲れた！　もうだめだ、起き上がれない！」

「良かった、起き上がれなくてもできる訓練だから」

「最悪だーっ！」

三人へのお説教も空夜に任せることにして、依依は訓練場の片隅に張られた天幕へと向かう。

「お呼びですか、将軍様」

「ああ」

外から呼びかければ、すぐに返事があった。

中に入ると、砂で作った陣形図を眺めていた宇静が顔を上げる。

「温泉宮の件だが、灼賢妃は随伴から外れた」

「はい……その件なら本人から聞きました」

依依は苦笑いする。純花と直接会って話したわけではなく、豆豆邮局《ドウドウイウジイ》から届いた文に、悲嘆と愚痴とが延々と綴《つづ》られていたのだ。

——温泉宮。

正式名称は紗温宮《サオンキユウ》というが、通称のほうがよっぽど親しまれている。離宮のひとつに数えられ、主に皇族が静養する際に使われる宮殿である。

宮城から北西の方角にあり、周りは鬱蒼と茂る山々に囲まれているという。馬車を使えば二日ほどで到着する距離だそうだ。

今回、体調が回復しつつある瑞姫《ルイヂエン》の付き添いとして、飛傑《フエイジエ》はこの温泉宮へとしばし滞在することになった。

道中の護衛として抜擢されたのが、宇静率いる清叉軍である。

（けっこう反対意見も上がったそうだけど）

皇帝に任命される将軍職と一口にいっても、大部隊を指揮する大将軍に始まり、ちょっとした小部隊や貴人の護衛を任されるような将軍まで、玉石混淆《ぎよくせきこんこう》である。

宇静に与えられた清叉将軍の名は、位階としては五品に当たる。それなりに偉ぶれる程度に高いほうではあるが、皇族の血を引く人間としては低い。あの南王《なんおう》が三品に位置していたことからも、皇族であることを正式に認められていない宇静の立場の弱さが窺《うかが》える。

清叉軍とはそもそも、清叉将軍が率いることからその名で呼ばれる、禁軍の中の一軍である。皇帝直属軍であるのは同じだが、禁軍全体が宮城の守備を任される中、飛傑の手足のように動き回る私軍としての性質が大きい。

前清叉軍――その頃は無論、率いる人が違うので清叉軍とは呼ばれていなかったわけだが――の将軍は、怪我人が続出するような危険な登用試験を繰り返し行っていた。彼は地方に異動となり、残された軍を一年半前から引き継いだのが宇静だ。

宇静がまず手をつけたのが、登用試験の内容変更である。木刀での総当たり戦、という試験は他に類を見ないもので、周囲はもっぱら軍の権威が落ちると馬鹿にしたらしい。

ちなみにそのとき、多くの武官は軍を去るか、他の軍に異動を志願した。宇静の置かれた複雑な立場やその振る舞いから、ついていっても旨みがないと判断したのだろう。

だが、依依は思う。彼らは宇静をふるいにかけたつもりかもしれないが、たぶん事実は逆。ふるいにかけられたのは彼らのほうだ。手間のない方法で、宇静は信用できる部下を選別していったのだと考えられる。

(居残ったのは泰《タイ》のおじさんや、台所番の先輩たちくらい)

過去にちょっとやらかして出世街道を転がり落ちていたという泰や、怪我を負って除隊を余儀なくされたような人々を、宇静は重用した。

空夜については宇静と同日に副将軍として着任している。二人の関係について詳しく知る者はいないが、宇静が自ら連れてきた人材らしい。

現在の清叉軍は、宇静が指導する武官のみで構成されており、百人ほどという規模の小ささや、ほとんどが平民出身の者で構成されていることから、宮城では侮られがちな立ち位置だったりする。

(っていうのが、涼《リャン》や牛鳥豚から聞いた話)

同期である涼は人当たりの良さから知り合いが多く、他寮から話を聞いたらしい。一年半前に清叉軍入りした牛鳥豚も、やはり依依よりは内情に詳しかった。貧民窟の出身である三人は、自分たちを受け入れてくれた宇静にそれなりの感謝をしているようだった。

別に宇静のことを探る気があったわけではないが、涼や牛鳥豚とは毎日のように顔を合わせている。自然と上官の話になることも多く、そこで聞いた話を繋ぎ合わせた結果、清叉将軍に着任してからの彼の動きや思考が、後追いで依依にも少し理解できていた。

――当然のことながら軍人は、戦場に出ることで武勲を立て、富や名声を得る。

奪って得た土地や財宝の多くは国に捧げることになるが、その一部は懐に入る。金回りが良くなれば味方につきたがる者が増える。戦勝のたび褒美を得て位階を上げれば、老後は華やかな都での悠々自適な生活が待っているというわけだ。

だが戦に出ることがなく、内乱を治めるような機会もない宇静にとって、何かしらの軍功を立てるというのは容易なことではない。

飛傑が直接戦場に赴くようなことがあれば話は違ってくるが、現状の香国では皇帝が出兵するほどの事態に陥ることはない。飛傑自身も戦好きとは縁遠い性格だ。

従って宇静に清叉軍を預けたのは、異腹の弟にまともな功績を与えず、飼い殺すための措置と受け取る人が多いという。出会ったばかりの頃の純花も、そんな所見を述べていた。

(本当は、陛下が将軍様を信頼してるからなんだろうけど)

誰だって、信用する相手に身を守ってほしいと思うもの。依依に用心棒を依頼してきた人々だって、信を置いて任せてくれたのだ。

本当に飛傑が宇静の忠誠を疑わしいと思っているならば、近衛軍を任せたりはしないはずだ。そんな怖いことは、できない。

そしておそらくもうひとつの理由は、宇静が戦死するような事態を防ぐためだ。

宮城は、外敵から身を守るには最も安全な場所だといえる。飛傑に訊ねてみたところではぐらかされるに違いないが、依依はそんな予想をしている。

（まぁ、それはそれとして、よ）

今、重要なのは旅の護衛として清叉軍が抜擢されたこと……だけではないのだ。

「まさか温泉に入れるなんて、思いもしませんでした」

「そうだな。俺も正直驚いている」

そう。日頃の労《ねぎら》いとして、清叉軍にも一部の温泉の使用が許可されたのだ。これは前例のないことだという。

しかも依依に至っては、なんと専用の宮まで用意されているのだとか。牛鳥豚が浮かれに浮かれている理由は、そこにもあるのだった。

（皇太后が前に言っていた『特別な褒美』って、十中八九このことよね）

依依は溜め息を吐く。

夏頃、病弱な皇妹・瑞姫を蝕む病の正体を、依依は鴆毒《ちんどく》であると看破した。烏犀角《うさいかく》を粉末にした薬を飲ませて、彼女の命を救った出来事は、娘を可愛がる皇太后を大いに感激させることになった。

それだけならまだしも、皇太后は依依と瑞姫が恋仲であると謎の誤解をしている。違うと否定した依依だったが、未だに誤解は解けないまま、皇太后は変なところで気を回している。

（会って話そうにも、そもそも気軽に会える相手じゃないし）

むしろ会いに行ったが最後、今度こそ瑞姫を娶《めと》れと迫られ、あれよあれよという間に流されてしまいそうだ。

国母である彼女はさすがというべきか、とにかく押しが強い。それだけならまだしも、相手が勢いに呑まれて怯《ひる》んだところを搦《から》め捕る蛇のようなところがある。

敵いそうもない相手に正面から喧嘩《けんか》を売りに行くほど、依依は馬鹿ではない。

（皇太后の問題は、いずれどうにかするとして）

先送りともいうが、目先の問題は温泉宮だ。

温泉宮はあまりの居心地のよさ、優れた景観から、お気に入りの妃嬪と入り浸りになり、政務が滞った皇帝も数多いという曰くつきの場所だ。

そこで飛傑は事前に四夫人に対し、とある達しを出していた。

――話し合い、あるいはそれに準ずる方法で、余に随伴する二人の妃を決めよ、と。

後宮内をまとめる役割自体は、引き続き皇太后が請け負うにしても、四夫人全員を引き連れて外遊と洒落込《しゃれこ》むわけにはいかない。

それこそ官吏たちは先帝の悪行を思い出し、今上帝《きんじょうてい》も色惚けしているのかと疑ってかかるだろう。しかも病弱な妹を出汁にしてとあっては、もっと悪く受け取られ、批判の声が上がってもおかしくない。

が、後宮に妃を全員放置していくとなると、これまた問題がある。皇帝が四夫人を重視していない、という認識が官吏や民に広まるのは、飛傑にとっても避けたい事態なのだ。

……なんて話を、皇帝付き武官である依依は、飛傑本人の口から聞いていた。

(皇帝陛下って、大変よね……)

完全に他人事ではあるが、しみじみ思う。

あちらを立てればこちらが立たぬ。民思いの仁君として慕われる飛傑だが、彼は波風が立たないよう、あらゆる立場の人間に配慮し、しかも隙のない振る舞いを求められている。

せっかく温泉に休みに行くというのに、出発前から気苦労が絶えず、むしろ疲れが溜まる一方のようにも思える。

温泉に同行する名誉をかけて四夫人が賭け事を始めてしまったのも、彼の想定外だっただろう。飛傑が名指しで選ぶより角が立たない方法ではあるが、ついていけるのは二人だけだと言われ、妃たちはより燃え上がってしまったのだ。

といっても、帝の寵愛を得ようと画策したのは深玉だけだと思われる。

桜霞はそういった策を弄する人物ではないし、それに。

（純花と……たぶん潮徳妃も、私と一緒に行くために奮闘したのよね）

何かがおかしいのだが、そこは間違いないような気がする依依だ。

「楊依依《ヤンイーイー》、どうした」

物思いに耽《ふけ》っていた依依は、その一言にはっとする。

「え、ええと。私たちは皇帝陛下、それと随伴する瑞姫様、円淑妃、潮徳妃の護衛を務めるわけですよね」

「そうだ」

宇静が物々しく頷く。

（円淑妃と潮徳妃が相手じゃ、根が素直な純花には分が悪かったわ）

深玉は見るからに搦め手が得意で、桂才はおそろしく勘が鋭い。

後宮で繰り広げられたという賭け事について、詳細を把握していない依依ではあるが、あの二人が勝つことは最初からなんとなく予想がついていた。

第一、賭けの手段を深玉が提案したという時点で、彼女の勝利は始まる前から決まっていたのだろう。依依の知る深玉という人は、そのあたり抜け目のない女性である。

「お前については皇妹殿下の馬車の横について守ってほしいと、皇太后陛下から要望もあった」

ここでも皇太后の名前が出てくる。

要望――正しく言い換えれば命令――の真の意味は、道すがら瑞姫との歓談を楽しめ、というところだろうか。

「……そのあたりは、臨機応変にがんばります」

なんだか波瀾万丈な護衛任務になりそうだ。

「どうした。何をにやにやしている」

そう思った依依だったが、口元は緩んでいたらしい。

むぎゅっと頬をおさえつつも、にっこりと笑ってしまう。

「将軍様。温泉、楽しみですね！」

「遊びに行くわけじゃないぞ」

呆れたように息を吐く宇静の目は、どこか優しい。

彼は知勇を兼ね備えた将軍であるが、自他共に厳しい人である。出会った頃など、その視線だけで人を射殺さんとするような、抜き身の刃のような鋭さと危うさがあった。

最近はそんな宇静に、なんとなく、依依は綻びのようなものを感じることがある。

気が抜けているのとは違う。むしろ、

（うまく、肩の力が抜けている……っていうのかしら）

人間誰しも、気を張っていれば疲労が溜まるものだ。四六時中、臨戦態勢でいるのはいかな武人だろうと困難である。

その点、近頃の宇静には分かりにくいが、確かな変化が生じていた。

（何か心境の変化があったのかな）

と思う依依は、その優しげな双眸が、自分を相手にしたとき中心に発揮されている――などとは、まったく思い当たっていなかった。

「温泉は初めてか」

「はい！」

そもそも温泉自体、田舎暮らしの庶民とは縁遠いものだ。

（地中から湯が湧き出てくるなんて、不思議だわ）

依依にはよく分からないが、温泉と一口にいっても様々な種類があるらしい。

温泉宮と呼ばれる宮ともなれば、あらゆる種の温泉が集められているのだろうし、後宮や清叉寮にある沐浴場とは比べものにならないほど規模が大きいだろう。

（う～、楽しみ！）

がんばって隠してはいても、依依だって本当は、牛鳥豚に負けないくらいわくわくしている。

それに温泉宮で振る舞われる料理は、たいそう豪華だと聞く。山の幸と、清流で育った川の幸を中心としているそうだ。

普段から温泉宮には警備の武官や宮女が住み込んでいるのだが、今回の温泉旅行が正式に決まって以降は、先んじて大量の料理人や女官、宮廷音楽家といった面々がそちらに向かっていた。

彼ら彼女らは皇帝の訪れを心待ちにしながら離宮を磨き上げ、振る舞う料理の下ごしらえをしていることだろう。

（本当なら、純花に行ってほしかったけど……）

瑞姫ともずいぶん仲良くなったようだし、きっと彼女にとって楽しい時間になったはずだ。

しかし勝負の結果、純花はお留守番することに決まった。

ならば依依にできることは、飛傑や瑞姫の身をしっかりと守り抜いて――そして思う存分、温泉を楽しむことではないだろうか。

純花からの文にも、最後には「わたくしの分も楽しんできてちょうだい」と書いてあった。

そんなことを思い返して、依依の胸は弾むのだった。

第二章　正体不明の襲撃者

訓練に明け暮れていると、時間はあっという間に過ぎていった。

そうしてやって来た、温泉宮への出発当日の朝である。

その日は朝から涼しい日だった。移動中は助かるだろうが、夜は冷えるだろうな、と思わせるような風が吹いていた。依依《イーイー》たち清叉軍の面々は飛び起きて甲冑を身につけると、宮城前に整列し、内廷から風雅に姿を現した馬車を迎え入れた。

銅鑼《どら》が鳴らされ、何十人もの官吏が見送りに立ってと、出立についてはなかなか華々しいものだった。

出発直後は浮き足立つ兵もいたが、歩き続ける間に気がついたのだろう。護衛のやることといえば、周りを警戒しながら休憩地点までひたすら足を動かすことだけなのだ。余計な体力を奪われるだけだと気がついた彼らは無駄話をせず、黙々と歩き続けている。

馬車は全部で四台。

一台目に飛傑《フェイジェ》、二台目に瑞姫《ルイジエン》、三台目に深玉《シェンユ》、四台目に桂才《グィツァイ》が乗っている。二台目以降の馬車には、それぞれ専属の女官も同乗している。

馬車は都の大通りで見かけるようなものとは違う。どれも屋根つきの豪華な箱馬車だ。

二頭立ての馬は、それぞれ額に当盧《とうろ》までつけている。依依よりも立派な身なりだ。

（この金色の飾りだけで、私の何か月分の俸給になるのかしら……）

なんて思いを馳せる依依は、栗毛の駿馬に跨《また》がっている。馬上訓練でも必ず組んでいる相棒で、先日、名前を与えてやったばかりである。

「嵐《ラン》、今日からよろしくね」

軽く身体を撫でてやると、ぶるるっ、と嬉しそうに嵐が鳴く。

しなやかな、均整の取れた肉体をした牝馬だ。名前の由来は、とにかく速くて暴れん坊なので嵐、である。肉体の屈強さでいえば宇静《ユージン》跨がる青毛の黒馬に劣るが、最高速度はそちらに負けていない。

この嵐、けっこう気難しい性格で、気に入らない人間は後ろ足で蹴ったり、馬上から振り落としてふんと笑ったりする困ったちゃんだ。

他軍で誰もまともに扱えず持て余していたところを、宇静がもらってきて依依と引き合わせた。相手からはけっこう感謝されたそうだ。

洗礼として蹴られ、落とされと悲惨な目に遭った依依だが、一度も弱音を吐かず食らいついていった。こうしてひとりと一頭は泥臭くぶつかり合った末に、お互いを良き相棒として認め合ったのだ。

俊敏に動き回ることから、辺境では小猿《シャオユエン》の二つ名を有していた依依だ。小回りが利く嵐は、依依の能力を活かすのに最適な馬といえた。相性の良さに勘づいていたから、宇静はこの馬を依依に預けることにしたのだろう。

　今では主人と認めた依依以外、乗せるのをいやがるようになった嵐である。鳥が蹴飛ばされて以降、そもそも誰も近づきたがらないのだが。

　今回、馬に跨がっているのは宇静と依依だけで、大多数は徒歩である。五十人からなる一個小隊を四つに分け、四人の小隊長を任命し、それぞれの指揮下で馬車の警護に当たらせている。

　宇静と依依はといえば、四つの隊のどれかには所属していない。宇静はすべての小隊を束ねる立場であるが、依依は自由に動き回っていいと言われている。

　空夜《コンイエ》と泰《タイ》を含む十数人は居残りだ。留守にする間、後宮内で何かしらの事件が起こらないとも限らない。一時的に指揮権は飛傑から皇太后へと移っているそうだ。

（今回は空夜様がいないから、私がしっかり働かないと！）

　武官と思えないほど肥え太った泰はともかくとして、空夜は普段から宇静の補佐として機敏に働いている。阿吽の呼吸である彼の代わりを依依が務めるのは難しいだろうが、宇静に役立たずと思われないよう奮闘する所存だ。

　馬上から依依は見上げる。

　このあたりの山脈は、すべて皇族が所有する土地だという。

　人の手が入っていない神聖な霊山には、皇族の象徴である、慈悲深き黄竜が住むという古くからの言い伝えもあるそうだ。

見上げるたび、山頂部は霧がかかっている。あまり迷信の類《たぐ》いは信じない依依でも、その言い伝えには信憑性があるのかも、と思えてくる。

そんなことを考えながら視線を戻すと、二台目の馬車に変化があった。

つるし飾りをした垂れ絹の端っこから、白い手が手招きをしている。

「ん?」

どうやら依依を呼んでいるらしい。嵐の腹を軽く蹴り、馬車に近づいていくと、その人物は窓にかかる垂れ絹をめくる。

予想どおり、そこから顔を見せたのは瑞姫だ。

本日の彼女は薄青の上衣に、どこか純花《チュンファ》を彷彿とさせるような朱色の裳《も》を身にまとっている。

旅装らしく簡素な衣装で、派手さはないのだが、青い髪を彩る白蝶貝花の簪《かんざし》や、水晶をあしらった腕輪など、随所にさりげなく上品な装飾品を着けているので、まったく地味さは感じられない。

花盛りの姫君は依依を見るなり、ぱぁっと表情を明るくさせる。

「依依姉さ……」

「瑞姫様」

向かいに座る仙翠《シエンツイ》が、言いさした瑞姫を軽く睨みつけた。

「依依兄さま!」

これなら文句ないだろう、というように笑顔で言い直す瑞姫だが、問題大ありだ。

「瑞姫様。一介の武官をそのように呼んではなりません」

「でもぉ……」

瑞姫は不満そうだが、仙翠を追従するように依依も言う。

「人前では依依とお呼びください、瑞姫様」

依依としても悪目立ちするのは避けたい。

ただでさえ、後宮に忍び込んだ件は瑞姫への募る想いが暴走してのことだと周囲から誤解されているのだ。誤解が広まり続けたら、皇太后から逃げるのも困難になる。

（瑞姫様は皇太后陛下が私と自分を婚姻させようとしてる、なんて知らないんだろうけど……）

もちろん、こうしている今も注目を集めている。一介の武官が皇妹に呼びつけられるなんてことは滅多にあり得ないのだ。

瑞姫を護衛する牛鳥豚なんて、「さすがおれらの大哥《ダーグー》！　すごすぎ！」みたいな目を向けてきている。振り返らずとも、背に突き刺さる暑苦しい視線だけで依依には分かる。

「……じゃあ、依依」

「はい、それで大丈夫です」

呼びにくそうにしている瑞姫に、依依は頷いてみせる。

「どうですか、馬車の乗り心地は」

「えっと……良くもなく、悪くもなく、ですね」

右に左に頭ごと揺れる瑞姫からは、正直な感想が返ってくる。

天気が安定するだろう日取りを選んでいるので、悪路というわけではないが、離れた温泉宮まで石畳が敷いてあるはずもない。速度はのんびりとしたものだが、ときどき車輪がごつごつとした石を踏んだりもするので、快適とは言いがたいだろう。

しかし瑞姫の顔色はいい。化粧の効果もあるのだろうが、それだけではない。

鴆毒の症状が改善されてから、彼女の体調は順調に回復してきている。温泉宮での休養も、よく作用するはずだ。

「気分が悪くなったときは、すぐお知らせくださいね」

「ありがとうございます、依依」

呼び方を変えても、丁寧な言葉遣いは抜けないようだ。

「純花姉さまは一緒に来られなくて、残念です」

本当に残念そうに瑞姫が呟くので、「そうですね」と依依も眉を曇らせて頷いてしまう。

依依と温泉に行きたい！　と熱く燃えていた純花だが、それだけではないのだと依依も理解している。瑞姫と一緒に旅行したい、という気持ちがそこには大いに含まれていたはずだ。

純花の友人になってほしい、と瑞姫に頼んだのは依依だ。しかしそれはきっかけでしかない。二人が仲良くなり、後宮内を共に出歩いたりする関係になったのは、お互いに歩み寄る心があったたからだ。

林杏《リンシン》や明梅《ミンメイ》は純花の味方だが、友にはなれない。純花にとって瑞姫は、気心の知れた初めての友だちといえる。

「でもきっと、今後も機会があるはずですから」

励ますように依依はそう伝える。

「ええ、そうですね。そのときが楽しみです」

瑞姫がはにかむ。

「今回は、悔しがる純花姉さまにお土産話を持ち帰ることにします。……それと依依」

「はい？」

瑞姫はおもむろに、依依に向かって右手を出してきた。

「本当は出発前にお渡ししたかったのですが……これ、わたしからの贈り物です。帯飾りに仕立てましたので、肌身離さず身につけていただけたら嬉しいです」

「わ、きれいですね」

その帯飾りに、依依は感心の吐息をこぼした。特に組紐の先端で揺れる深緑色の玉飾りが美しく、目を惹く。

「でも、どうして急に？」

「それはもちろん、大兄さまと小兄さまを焚きつけるために」

「え？」

「……ではなくて」

こほんこほん、と咳払いする瑞姫。

「普段からお世話になっているお礼です。……受け取って、くださいませんか？」

（う……）

潤んだ目で見つめられて、依依は返答に窮する。

理由もなく高価そうな贈り物は受け取れない。しかしせっかく用意してくれたのに固辞しては、瑞姫を悲しませてしまう。

「こう見えて、そんなに高いものではないんですよ」

瑞姫の言を受け、依依は改めて、瑞姫の手の中で揺れる帯飾りを見やる。

高級なのかそうでないか、依依には判別がつかないのだが、帯飾り自体は玉飾りの他に余計な装飾がついていない素朴な品なので、動きを阻害することはなさそうだ。

「それでは、ありがたく頂戴します」

依依が答えると、瑞姫は嬉しそうにした。

小さな手から帯飾りを受け取る。そこで、耐えかねたように仙翠が口を開いた。

「瑞姫様、やはりさすがに……」

「それでは依依、また後ほど」

「あ、はい」

取って付けたように微笑んだ瑞姫が、そそくさと垂れ絹の中に引っ込んでしまう。もちろん、彼女と共に仙翠の姿も見えなくなった。

(仙翠さん、何か言いかけてたけど)

呼び止めては失礼に当たるので、依依は小首を傾げつつ馬車の傍《そば》を離れることにした。


その後の道程はおおむね予定通りに進んだ。

昼に休憩を取り、夕方は早めの時間帯に水辺を見つけ、その周辺に天幕を張って野営の準備を始める。十頭の馬もよく休ませなければならない。

近くに花畑があるようで、見に行きたいという瑞姫には飛傑が付き添っている。深玉もそのあとに意気込んでついていった。

桂才は疲れたからと馬車で休んでいるそうだが、たぶん人付き合いが面倒だったのだろう。普段から冬潮宮《トウチョウキュウ》に引きこもりがちなのだ。

その他は皇帝を警備する者、焚き火の準備をする者、天幕を張る者、馬を見る者などにそれぞれ分かれている。

そんな中、鋭い女性の声が響いた。

「この中に、料理のできる方はいらっしゃいますか?」

呼びかけているのは仙翠だ。品のある彼女の後ろには、深玉や桂才の女官の姿がある。

（確かあの子は芳《ファン》、だったかしら）

よく桂才の傍に侍っているのを見かける。温泉宮にも随伴しているということは、信頼されている女官のようだ。

依依はそんな彼女たちに、片手を上げて近づいていった。

「少しですが、できます」

古傷を抱える台所番の先輩たちは、今回の旅路に同行していない。清叉軍残りの面子《メンツ》で料理の心得があるのは依依だけだ。

「楊《ヤン》くん、料理もできるんだ」

目を輝かせるのは深玉の女官だ。

髪を頭の横で括《くく》ってまとめている。年の頃は深玉と同じくらいに見えるが、彼女よりも気配が柔らかいというか、幼げなところがある。

「子桐《シャオトン》です。改めてよろしくね、楊くん」

「はい、よろしくお願いします」

依依と子桐はぺこりと頭を下げ合った。

円《エン》秋《シュウ》宮《キュウ》に飛傑の護衛でついていったとき、依依は彼女たちと友好的な関係を築いている。

主に婿候補として見られているようで、今も料理ができるという情報により点数が上がった気配を感じた。

（騙してるようで気が引けるけど……）

邪険にされるよりはありがたい。

聞いたところ、瑞姫のため滋養がある料理を手作りしていた仙翠を筆頭に、平民だった芳もそれなりの腕前らしい。

子桐は良家のお嬢様で、厨房に立ったことはないそうだが、それでも大雑把な男よりかはまだ使える、と仙翠は判断したようだ。

狩りに向かう人員も決まりつつある。宇静はそちらに参加するようだ。神秘の山であっても、その日の食材となる獣を狩るくらいならば許されるらしい。

ちょうど近くを通りかかった愛弟子たちに、依依は声をかけた。

「牛鳥豚、狩りは任せた」

彼らの前だと依依は素の部分が大きく出て、自然と女言葉になってしまいがちだ。気をつけて声をかけると、鳥は張り切ったように胸を叩いてみせた。

「お任せください大哥。虎でも狩ってきますよ！」

「んー、それは無理だと思う」

（むしろ返り討ちにされるわよ）

依依も狩りに出るつもりだった。欲を言うと虎と戦ってもみたい。しかし料理できる人員が限られているので、無理にそちらについていったりはしない。

狩りに向かった部隊の帰りを待つ間、依依は手頃な石を積んで竈《かまど》を作ることにした。総勢六十人近い人数分の料理を作るのだ。焚き火だけでは不足する。

山に籠もっての修行であれば、依依は何度も経験している。当然、竈を作る手つきも慣れたものだ。

料理はだいたい焼く、煮る、揚げるの大雑把な三つで乗り切ってきた。山で採れるだいたいのものはその三つのどれかを用いればおいしくなるというのも、また真理である。

「竈はひとつでいいですかね？」

「いえ、できれば二つはほしいですね」

馬車に積んできた食材もある。その内容を吟味している仙翠に、確認しながら作業を進める。

てきぱきと動く依依に惚れ惚れとした視線を送っていた子桐だったが、芳に言われて一緒に大鍋を運び始めた。それぞれ仕える主人の異なる女官同士ではあるが、仙翠がうまく指示出ししているおかげで円滑に動けている。後宮内では睨み合う関係だが、旅行中なので全員が空気を読んでいる。

辺りが暗くなる前に、宇静たちも戻ってきた。

彼らの成果を目にして、依依はおおと目を見開く。

（鹿、それに鴨が獲れたのね！）

鹿はどちらかというと淡泊な味わいだが、鴨はこってりとしている。どちらも捌《さば》いて鍋に入れればおいしく調理できる。

　茸や山椒なども採れたおかげで、夕餉《ゆうげ》はそれなりに豪勢なものになった。普段から豪華な料理に慣れている面々が多いが、特に不満は漏れ聞こえてこなかったので、彼らもそれなりに満足のいく食事内容だったのだろう。

　食事のあとは、辺りも暗いので、もう寝るしかやることがない。豚の毛で歯を磨いた依依は、見張りを夜番に任せて就寝することにした。

　夜はそれなりに冷える。小さな天幕で、厚手の布にくるまった依依は目を閉じた。

　皇帝付き武官に任ぜられている依依なので、ひとり用の天幕だ。他は四人から五人で天幕を使うので、破格の待遇といえた。

　ぱちぱちと焚き火の爆ぜる音が、子守歌のように聞こえてくる。

　一日目の夜は、そうして更けていった。


　宮城を出発し、二日目の朝である。

　今日の夕方には温泉宮に到着する予定だが、朝餉《あさげ》から一刻、馬車列は停止を余儀なくされていた。

　深玉たちを乗せていた馬車の車輪が外れてしまったのだ。

「もう、最悪よぉ。あなたたちがちゃんと点検していれば、こんなことにはならなかったでしょうに！」

馬車を降りた深玉は、ここぞとばかりに文句を吐き散らしている。

まなじりに強く朱を引いた、艶やかな美女である。宝石をちりばめた白の上衣に、梔子《くちなし》色の帯、淡い翠の裳を合わせた彼女は、怒り顔で腕組みをしているというのに、周囲に香気を漂わせるようであった。

車軸に問題はなかったので、車輪の取り替えが終われば出発できるのだが、彼女が大いに騒ぐので修理の作業が遅れがちになっている。

「そうだわ。あたくし、陛下の馬車に一緒に乗せていただけないかしらぁ！」

いや、むしろこれが狙いだったのかもしれない。大胆な、もっというとガツガツした発言を繰り出す淑妃に、おお、と周りはこぞって感心したような顔をする。

そんな小さな騒動の傍ら、依依は嵐の背から降りた。装備を身につけた依依はそれなりに重量がある。休めるときに休ませておくべきだ。

のびのび草を食《は》む姿を見守っていると、前の馬車の垂れ絹から覗く指に、誘うように手招きされているのに気がつく。

なんだか既視感があるなと思いながら近づいていけば、依依を見るなり、ぽぽっと頬を赤くする桂才の姿がそこにあった。

他の女性陣と異なり、全身を闇夜のような色で固めた彼女は、ぺこりと頭を下げる。

「……依依様。お久しゅう、ございます」

「お久しぶりです、潮徳妃」

皇妹にも四夫人にも呼びつけられる一武官とは、これいかに。桂才は瑞姫よりも時宜を計ってくれたようだが、どちらにせよ耳目を引くのは変わりない。

しかし今、注目の多くは深玉が集めてくれている。桂才の声は小さいので、誰かに会話を聞かれる心配もないだろう。依依は桂才としばらくぶりに話すことにした。

「潮徳妃、顔色がいいですね」

「分かり、ますか？」

桂才が目を細めて、空を見上げる。

「このあたりは後宮よりも、竜脈の鼓動がよく感じ取れます。人とは相容れぬ存在の気配も、感じ取れます……。私にとってはとても、心地がいいのです」

（そういうものなのね）

山奥の空気はおいしいな、みたいな感じだろうか。それなら依依にも分かる。まさに今もおいしいなと思っていたところだ。

潮家の女性は代々、独自の呪《まじな》いを得意とするのだという。

桂才もまた、人の魂の色を見ることができると語っていた。その力で依依と純花とを見分けたことに始まり、不思議な術を使って依依を助けてくれたこともある。

「そういえば、温泉宮の同行者は賭け事で決めたらしいですね」

「ええ。円淑妃の提案で……茶器を使って、銅貨落としを行いました」

(銅貨落としだったんだ)

興奮する純花の文には、賭け事の内容について詳しくは書かれていなかった。

銅貨落としであれば、田舎暮らしの依依にもよく馴染みがある。加えて言うと、負けなしだ。

「それじゃあ円淑妃は、最後に茶器に触ったのでは？」

「……さすがは、依依様」

桂才がうっすらと微笑む。依依の予想は当たっていたようだ。

銅貨の表裏が出る確率は、当然ながら半々に思える。しかしその銅貨が最初から、わずかにでも歪んでいたらどうだろうか。

(慣れた茶器を用いれば、勝利はほとんど確実になる)

勝負方法を深玉が決めた時点で、茶器や水盤、銅貨はそれぞれ別の人間が用意すべきだった。最後に茶器に触る人物も、賭け事と無縁なところから選ぶべきだ。

それでも、策略家らしい彼女と五分の勝負をするのは難しかっただろう。十中八九、深玉は温泉行きを決めていたはずだ。

道具を事前に用意できずとも、最後に茶器に触れられずとも、息の掛かった人材が用意できず買収できずとも、勝利する方法はある。

「潮徳妃も、円淑妃が勝つと分かっていたわけですね」

「ええ……。灼賢妃と逆張りすれば、勝てるだろうと踏んでいました」

「ああ。円淑妃、純花のことを嫌ってますもんね」

依依は苦笑する。賭けに参加する時点で、純花の負けは決まっているも同然だったのだ。

だが、それを聞いた桂才はふるふる、と首を横に振る。

「そう見えるでしょうが、ああ見えて、円淑妃は――」

桂才は中途半端なところで、唇の動きを止めていた。

そのときには依依も察知していた。目に見えないものに鋭敏な嗅覚を持つ桂才とは異なり、依依の場合は、枝葉がこすれる音から読み取っていたのだが。

その手は、すでに背負った槍の柄《つか》を握っている。

(――襲撃!)

木々の合間を縫い、ひゅんと飛んできたのは十数本の矢である。

雨と呼ぶにはまばらすぎる矢だ。不意を打つ一撃としては、あまりにも練度が低い。

ある意味では幸いというべきなのか。隊列を組んでいれば味方が逃げ道を塞ぎがちで、逃げ場がない場合もあるのだが、平野でこれを大人しく食らう兵はいないだろう。

依依も前に出ると槍を振って、馬車に向かって飛来してきた矢の悉《ことごと》くを弾いた。

そこに、馬に跨がった男たちの雄叫びが重なる。

突進してくる襲撃者の人数は、全部で三十人といったところだろうか。

格好はそこらの村民という具合で気になるところはないのだが、特徴的なのは全員が頭にぐるぐると黒い布を巻き、目と鼻以外を隠していることだ。

(顔を隠してる?)

そのせいで、年齢についても把握が難しい。

振り返った依依は鋭く告げる。

「潮徳妃、絶対に馬車の外に出ないでください。いいですね?」

桂才の返事を聞く暇もなく、依依は駆け出した。

向かってくる男たちの得物を、再度確認する。だいたいは剣に弓矢だが、気になるのが、後方の男二人が構える武器だった。鎖の先端に錘《おもり》をつけた流星錘《りゆうせいすい》である。

襲撃に反応し、四つの馬車も慌ただしく動き出していた。その周りを庇《かば》うように、武官が剣を抜いている。

だが、もたついている者が多い。無理もないことではあった。昨日はともかく、今日の空気は全体的に緩んでいる。

戦時中というわけでなし、日頃から訓練に臨んではいても、誰も本当に襲撃があるなどと思ってもいない。休憩中だったというのもあり、意識の大半が車輪の取り替えに向いてしまっていた。

それは依依も同じだ。嵐に跨がって待機していれば、襲撃直後から依依には機動力が備わっているはずだった。

（こんなときこそ用心深くするべきだって、知っていたのに）

「剣を取れ！　馬車を守れ！」

宇静が指揮を執る。皇帝陛下を守れと鼓舞しなかったのは、ここに飛傑がいると敵が知らない可能性があるからだ。むやみに情報を渡すのをきらったのだろう。実際はきらびやかな馬車だらけで、しかも清叉軍が守っている貴人となると自ずと答えは知れてくるのだが、それはそれである。

依依は槍を中段で構える。

次の瞬間、清叉軍と襲撃者が衝突し、激しい剣戟の音が響いていた。

依依もまた、馬上から伸ばされた剣を掻《か》い潜《くぐ》り、向かってくる男の肩に槍を突き立てた。落馬する男から槍を引き抜く合間にも、依依めがけ白刃が振り下ろされる。後ろに飛んで躱《かわ》しざま、相手の腹に蹴りを入れる。

敵味方が入り乱れ、砂塵が舞う。愛馬と合流しようにもこれでは無理だ。

焦燥感を覚えながら、依依は槍を振るう。人数としては清叉軍が勝るが、守りながらの戦いではこれくらいの数は誤差の範疇だ。むしろこちら側に不利だと言える。

「あ！」

土煙の向こうに見えた光景に、依依ははっとする。

流星錘の使い手は集団ではなく、馬車のほうを追っていたのだ。

馬車と馬では、言うまでもなく後者のほうが速い。

飛傑の乗った馬車に、流星錘が叩きつけられていた。屋根と壁の一部が無残に砕け、地面に散らばる。

大きく傾いた馬車から投げ出されたのは飛傑その人だった。彼の身体が地面を転がる。

走りながらも依依は一瞬、迷った。飛傑を助け起こすべきか。流星錘の使い手を叩くべきか。

「！」

迷う依依の眼前で、宇静が素早く飛傑を助け起こしていた。飛傑に肩を貸し、宇静は竹藪《たけやぶ》に入っていく。

竹藪に二人の姿が隠れてしまい、流星錘の持ち手は明らかに困惑している。その隙を依依は見逃さなかった。

「っふ！」

依依は手にした槍を投擲する。穂先が流星錘を操る男の背を貫き、どうと倒れる。

錯綜する状況の中、依依は視線を飛ばして確認する。

瑞姫と桂才が乗った馬車はそれぞれ速度を出して道の向こうへと消えていく。馬車を守るように牛鳥豚や涼《リャン》たちが走ってついていくのが見えた。そちらに追っ手はいないようだ。

訓練のおかげか、混乱の最中《さなか》でも彼らは役目を見失っていない。それは何よりだが。

（嵐や将軍様の馬まで、ついていっちゃってるけども！）

のんびりと草を食み、水を飲んでいた嵐たちは、飛んでくる矢や怒号に驚いたのか、慌てて走って行ってしまう。

軍馬として訓練していても、言葉通り、訓練しか知らない馬でもあるのだ。

それに馬とは元来臆病な生き物である。乗馬中であれば依依がすぐに宥《なだ》めて落ち着かせてやれたのだが、ここでも離れていたのが仇《あだ》に出た。

「きゃああ！」

絹を裂くような悲鳴に、依依は勢いよく振り返る。

見れば取り残された深玉の馬車が、別の流星錘に狙われていた。車輪を取り替えたばかりの馬車は襲撃に際し、大きく出発が遅れてしまっている。

繰り出された一撃は運良く当たらなかったのだが、混乱に陥った馬がいななき、前足を振り上げる。

大きく傾いた馬車から、子桐が投げ出されかける。

しかし悲鳴を上げる女官を引っ張り上げ、代わりに落下していたのは深玉だった。

「円淑妃！」

「いいの！　お行き！」

深玉が叫ぶ。彼女を守ろうと剣を構えた味方が、錘を受け止めきれず吹っ飛ばされる。

次に狙われるのは深玉だ。だが距離が離れすぎている。依依は傍に倒れていた襲撃者から弓を奪い、矢筒から一本の矢を引き抜いた。

弓矢とも粗雑な作りだが、文句を言っている場合ではない。

狙い澄まして、きりりと引き絞って放つ。

鎖を持つ男の右手を、その矢が射貫《いぬ》いた。ぎゃあと絶叫した男の胴を、味方の剣が斬りつける。

そのときだった。

男の頭を覆っていた黒布が、はらりと落ちる。

依依は目を見開いた。

（あの髪色は――）

だが戦場のまっただ中で、ゆっくりと観察している時間はない。

怒号が上がり、断末魔の悲鳴が上がる。頭を庇った深玉はがたがたと身体を震わせている。

彼女は防具を身につけていない。馬に頭を蹴られでもしたら一巻の終わりだ。

震えるばかりの彼女の腕を、依依は無我夢中で摑んでいた。

「こちらです！」

「えっ……」

混乱している深玉を助けて、走り出す。敵を倒すことよりも、今は深玉の安全を確保しなければならない。

宇静が向かった方向は覚えている。竹藪に紛れて山に入っていけば、背の高い木に阻まれ、濃い血のにおいも、剣戟の音も、次第に遠ざかっていった。

追っ手がないか振り返って確認しながら、踏まれた草や、地面に残った足跡など、彼らが通った痕跡をいくつも見つけて追っていく。

だが依依が見つけられるということは、敵も同じようにできるということだ。可能な限り痕跡を消していくが、合流のほうが先決である。

味方を残していくことには、後ろ髪を引かれる思いを味わう。

相手の練度は低いとしても、その手に武器を持って向かってくる限り、必ずこちらにも被害が出る。

依依が戻れば、味方の犠牲は間違いなく減る。だが依依は立ち止まることはなかった。止まれば、深玉を危機に陥れることになる。

深玉は何も分からないまま、懸命に足を動かしている。

「もうすぐ、陛下たちと合流できます。がんばってください！」

無言の深玉を励まし、走り続ける。そうして辿り着いたのはひとつの洞窟だった。

まず依依が中へと入り、安全を確認しようとするが、深玉の手が解《ほど》けない。血のにおいに酔ったのか、恐怖のせいか、筋肉が硬直してしまっているようだ。

瑞姫や桂才と異なり、深玉だけは後宮内と同じような華美な衣装をまとっている。露出が激しく、歩きづらい格好がたたってか、深玉はぜえぜえと肩で息をしている。

そんな深玉を気にしながら、依依はそっと呼びかけた。

「どなたか、いらっしゃいますか」

入り口は狭いが、音の反響具合からして内部はかなり広いようだ。

声の反響が鳴り終わる前に、姿を現したのは宇静だった。

「依依か」

「将軍様！」

腰の剣に手を添えていた宇静だったが、その手の動きが止まっている。

「円淑妃も一緒です」

「ああ。中に入れ」

依依は汗まみれの深玉を連れて、宇静についていく。昼前でも洞窟内部は暗かったが、岩の上に座り込む飛傑と、依依は確かに目が合った。

その目がつと細められる。依依は軽く頷き返した。

(目立つ怪我はしてないみたい)

深玉もそうだが、落下の際に頭を打たなかったのは何よりだった。二人とも衣が薄汚れているが、それだけで済んだのは不幸中の幸いだ。

「円淑妃、無事だったか。良かった」

剣の打ち合う音や血のにおい。慣れないそれらを前に、深玉はほとんど放心状態になっている。

細い肩に飛傑が優しく触れる。ようやく、深玉の手から力が抜けた。

次の瞬間、彼女は飛傑に抱きついていた。

「陛下ぁ……っ」

「ああ。よく耐えた」

涙ぐむ深玉を導いて、飛傑が隣り合うように腰かける。

そんな中、依依は宇静と目を見交わす。

無事、合流できたのは喜ぶべきだが、手放しで喜べるほど生易しい状況ではなかった。

襲撃され、瑞姫たちと分断されてしまった。味方に死者も出ているかもしれない。清叉軍の実戦経験の乏しさを突かれた形だ。

そしてあの場に残った人数だけでは、敵を制圧できなかったはずなのだ。

そのとき依依の耳が、洞窟の外からいやな音を拾い上げた。

「複数人の足音が聞こえます」

潜めた声で伝えれば、全員が沈黙する。

「何も聞こえない、けれど……？」

深玉が細い眉を寄せて呟く。

それについて、宇静は答えなかった。彼にもまだ、なんの物音も聞こえていないからだろう。

宇静が依依に厳しい表情を向けてくる。依依の聴覚を信用しているからこそ、彼は真剣に確認してくる。

「味方のものではないのか」

「……はい」

引き続き耳を澄ませながら、依依は頷く。

清叉軍所属の武官は全員支給されている軍靴《ぐんか》を履いている。だが、聞こえてくるのはもっと軽い足音だ。

まだ距離はあるが、少しずつ近づいてきている。彼らの目的は不明だが、やはり一度襲ってきただけでは満足していないのだろう。

決定を下すべきは将軍職に就く宇静だった。

三人分の視線を受け止めた宇静はその場に膝をつき、頭《こうべ》を垂れる。数人の目しかなく、差し迫った状況下であっても、皇帝への礼を失することはしない。

目の前に敵がいれば宇静も悠長にはしていなかっただろうが、彼の行動は、深玉の気を落ち着かせる意味もあったのだろう。

「このまま洞窟内を進むことを進言いたします、皇帝陛下」

飛傑は、すぐには返事をしなかった。

「先ほど、少し内部を見てまいりました。思っていた以上に巨大な洞窟で、中は迷路のように入り組んでおります。歩いていてもまったく出口の光が見えてきませんでしたが、敵にとっても追いにくい地形であると考えます」

二人はとっくに情報を共有しているはず。わざわざ口にしたのは、依依と深玉に伝えるためだろう。

依依は内部をこの目で確認したわけではないが、異を唱えるつもりはなかった。そもそも指揮決定権は飛傑――ではなく事実上、宇静にある。

顎に手を当てた飛傑が、危惧について述べる。

「この洞窟の存在を、襲撃してきた連中が把握している可能性もあるのではないか？」

「その可能性は低いと見ています。すぐ先に地面がぬかるんでいる箇所がありますが、そこに足跡がひとつも確認できませんでしたから」

宇静はそう言うが、洞窟を歩き続けた先に、待っているのは行き止まりかもしれない。それに荷物の大半は馬の鞍に結んであったので、依依はわずかな保存食しか持っていなかった。宇静も似たようなものだろう。

だがそういった不安は、宇静も考慮しているはずだ。その上で彼は、洞窟を通るのが最も安全で確実だと判断した。

（山中ではあいつらも、馬を走らせるのは難しいだろうけど）

こちらには深玉がいる。同じ徒歩でも、移動速度は襲撃者に劣ってしまう。

「いいだろう。洞窟内を移動する」

「は」

宇静が立ち上がる。

深玉は不安そうな顔をしている。重い衣装をまとって全力疾走したばかりなので、もう少し休んでいたかった気持ちもあるのだろう。

飛傑がそんな彼女の手を励ますように取り、乱れた髪をそっと直してやる。

（淑妃には、妙に優しいじゃない……）

呆れたような目をする依依には気がつかず、飛傑は労《いたわ》りの声までかけている。

「行こう、淑妃。ここに留《とど》まっていては危険だ」

「……はい」

飛傑に促されれば、深玉も頷かないわけにはいかない。下唇を噛み締めるのをやめた彼女は、顔を上げた。

「歩けるか？」

「ええ。お心遣いに感謝いたします、皇帝陛下」

この展開を宇静は覚悟していたのだろう。短い時間で彼が用意してくれた二本の松明《たいまつ》は、それぞれ宇静と依依が持つことになった。

依依は石を打って火花を起こす。深玉の手持ちにあった綿の布巾を燃やして、松明の火種とする。

そうして準備を進めながら、飛傑や深玉の耳に届かないよう、依依は小声で宇静に話しかけた。

「将軍様。少しいいですか？」

「どうした」

宇静の声音は普段より低く、地を這うようであった。彼も後れを取ったことを自省しているのだろう。襲撃者の正体を摑めていないのも、憂いのひとつであるはずだ。

だが彼らについて、依依は重要な手掛かりを得ていた。

迷いはあるが、今の依依は武官として、皇帝に仇なす存在を無視することはできない。

「奴らの正体について、お伝えしたいことがあるんです」

宇静がまっすぐ見つめてくる。依依は静かに息を吐いてから、その言葉を口にした。

「襲撃者……黒布のひとりは、赤い髪をしていました」

「――、」

静かに、彼の目が見開かれていく。

赤い髪。その言葉の意味は香国に住む人間であれば、はき違えようがない。

だからこそ依依は、それだけの覚悟を持って宇静に明かした。

唇を引き結ぶ依依の耳元に、宇静がそっと囁く。

「陛下には、俺から伝える」

「え……」

「お前は、何も気にしなくていい」

それきり、宇静は依依と目を合わせずに背中を向けた。

飛傑と他のことを話している。その姿を見つめながら、依依は洞窟内に暗雲が立ち込めたような、そんな錯覚を起こしていた。

額に浮かぶ汗を袖で拭い、依依《イーイー》は溜め息を吐いた。

空気がひんやりとした洞窟内を歩き始めて、それなりの時間が経過していた。

先頭を依依が歩き、間に飛傑《フェイジェ》と深玉《シェンユ》を挟んで、殿《しんがり》は宇静《ユージン》が務めている。この隊列は一度も崩していない。

宇静ではなく、依依が先陣を切るのには理由があった。宇静から指示されたからである。

(『優れている五感を活かし、皇帝陛下を出口まで導け』……だっけ)

洞窟内は物音が響きやすい。風の音は聞こえないが、空気の流れを読むことはできる。

依依は鼻をふんふんと動かし、ときどき石を投げて音の反響具合を確かめながら、より安全だと感じる道を選び取っている。

どうしようもないときは、積極的に勘と呼ぶべきものも行使している。それが正しいのか間違っているのかは、未来の依依たちにしか分からないことだ。

強烈なにおいを放つ蝙蝠《こうもり》が棲息していないのは救いだったが、五感を隅々まで研ぎ澄ましていればその分、激しく消耗もする。

想像以上に複雑な構造の洞窟を探っていくのに、依依は苦労していた。

（ほんと、将軍様ったら。簡単に言ってくれるんだから）

そう思って依依が浮かべるのは自信なげな弱々しい表情ではなく、負けん気の強い笑みだ。

宇静は依依に、進むべき道を選べと託した。彼からの信頼に、応えないわけにはいかない。

（というか、信頼されている、って……思っていいのよね？）

一抹の不安が過《よ》ぎるのは、先ほどの宇静の反応を思い起こしたからだ。

宇静は何も気にするな、というようなことを口にしたが、その言葉を額面通り信じるわけにはいかない。

もしも依依が宇静の立場であるならば、十中八九、依依を疑うからだ。

（だって、敵の正体が——灼家の人間かもしれないんだから）

馬車を襲う男たちの中に赤髪の人間がいたのを、依依はこの目ではっきりと見ている。

深玉はそのことを知らないままだろうが、宇静は折を見て飛傑に話しているだろう。

あれから二人は、黒布の正体について何も口にしていない。依依に何かを確認してくることもない。それが依依には、ひどく不気味に思えていた。

（私を泳がせてる、とか？）

怪しいと思う人間に、先頭を任せたりはしないはず。そう思いたいところだが、単に、裏切り者が尻尾を出すのを待っているだけ……飛傑たちの沈黙は、そんな風にも感じられる。

外面には出さないものの、依依は激しく狼狽していたし、悶々としていた。

(言っておくけど私に、策略を張り巡らせるなんて器用な真似できませんから！　頭使うの得意じゃないし！　ていうか本当に裏切ってたら、赤髪の人間がいましたーなんて馬鹿正直に報告しないってば！)

そう、声を大にして主張したい。何も知らない深玉がいる以上、叫ぶこともできないのだが。

(ああ、もう！)

足元の小石を蹴る依依。八つ当たり――も含まれているが、小石が転がる反響音だって、洞窟内部の構造を読み取るには手掛かりとなるのだ。

ちなみに移動の快適さを優先して、依依も宇静も重いだけの兜は外して置いてきている。重い鎧も脱ぎたいところだったが、さすがにそこまで軽装になるのは憚《はばか》られた。

(こんな苦労も全部、赤髪を見ちゃったせいよ！)

突き進む彼女の唇は、への字に曲がっている。

生まれてすぐ若晴《ルオチン》によって連れ出された依依は、灼家の人間としての自覚に乏しい。依依自身も灼家に対して、特別な思い入れがあるわけではない。

(でもあいつら、統率された部隊、みたいな印象はなかったのよね)

灼家の私兵であれば、それなりの訓練を受けているはずだ。しかし依依は、どちらかというと寄せ集めに近い印象を受けていた。

（目の色も、赤くなかった気はする、んだけど……）

どうだったか、と考え込む。髪色は印象的だったが、そこまで細かく容姿を観察する余裕はなかった。

だが目の色も赤かったとするなら、黒布の正体はほとんど確定となる。どちらかひとつならともかく、髪と瞳にはっきりとした赤色を持つ一族は、灼家を除いて他にないのだから。

自分自身を抜いて、依依が知る灼家の人間は二人だけである。

（純花《チュンファ》と、雄様《シオン》）

後宮に住まう純花は何も知らないだろう。そもそも純花の耳に入っていたら、依依に知らせなかったはずがない。

となると依依たちにとって又従兄弟《またいとこ》である雄は、この件に関わっているのだろうか。

依依が出会った灼雄という人は、文官でありながら鍛え上げられた身体と、素早い反応速度を持つ武人だった。彼が悪事に加担しているなんて考えたくはないが、依依は雄の人となりについて詳しく知っているわけではない。

「……まぁ、今はそれどころじゃないわよね」

「依依、何か言ったか？」

後ろの飛傑に訊かれ、依依は「いえ」と首を横に振る。

結局、現状では結論が出せない。今の依依にできるのは、宇静に任された仕事をこなすだけである。そうして真面目に励むことこそ、疑いを遠ざける近道でもあるのだ。

（出口を見つけるのが先決だわ）

先行き不透明ではあるが、悪いことだらけではない。今のところ、背後を追ってくる足音はなかった。

それに山中では障害物だらけで足を取られる。傾斜があれば疲労も蓄積しやすいし、滑落の危険もある。その点、洞窟は暗いのが難点だがましな道行きといえるだろう。

だがときどき、人間の骨のようなものが転がっていたり、血痕らしいものが散っていたりして、深玉はそれらが松明に照らされるたび「ひっ」と声を上げていた。今も後ろでびくりと跳ねている。

落ち着かせるように、飛傑が言う。

「この山にも、密猟者が入ったことがあるのだろうな」

皇帝所有の霊山といっても、土地が広すぎて見張り番など置きようがない。せいぜい貼り紙や看板を設置しているくらいだ。

獣狩りをしに来た輩《やから》は、猛獣にでも遭遇して洞窟に逃げ、そこで仲間割れをしたり、飢えて死んだりなど、そんな最期を迎えたのかもしれない。

「皇帝陛下の御座で悪さをするだなんて、ふ、不届き千万な輩ですわねぇ」

そう返す深玉は、怒ったように整えられた眉をつり上げてみせている。彼女が外面を取り繕えるだけの余力を残してくれていることに、依依は安堵する。

（そろそろ、休憩しましょうと言いたいけど）

ちらり、と振り返った先で宇静が首を横に振る。

依依も宇静も、ずっと同じものを探している。飲み水だ。

宇静は腰に水筒を吊るしていた。わずかな水は飛傑と深玉が分けて飲んだので、ほとんど空になっている。飛傑はこちらを気遣うように見ていたが、優先順位というものがある。分けてもらう気はまったくなかった。

人間というのはそれなりに丈夫な生き物だ。清潔で新鮮な飲み水があれば、簡単に死んだりはしない。

逆にいうと、今日か明日にでも飲み水を確保できないと、この先はかなり厳しい道程となる。特に、武人ではない飛傑や深玉にとっては。

依依は再び、頬を流れてきた汗を拭った。集中力も途切れてきている。

水分が不足しているせいで、思考も鈍くなっているのがいただけない。道行きを任された依依が選択を間違えば、全員が危機に晒《さら》されてしまう。

そのせいだろうか。

鼓膜がその音を拾ったとき、依依は喜ぶより先に疑ってしまった。

（水が流れる音……？）

もはや幻聴なのでは、と訝《いぶか》しみつつ、逸《はや》る気持ちを抑えて、依依は松明の先に現れた三本道を右に曲がる。

道の先を照らす。変わり映えのない景色には、今までと違うものがあった。

天井付近からちょろちょろと、壁を伝って流れ落ちるものがあるのだ。

「湧き水です」

依依は、万感の思いで口にした。

「水！」

深玉が歓声を上げげ、それを恥じるように下を向く。だが全員の心の声は「水！」で一致していただろう。

少し弛緩した空気の中、毒見は自然と依依が担当することになる。深玉はもどかしげな、もっというと恨めしげな目をしているが、依依は気がつかない振りを決め込んだ。もう少しだけ我慢してほしい。

燭台があるわけもないので、松明は一時的に宇静に預かってもらう。わりと畏れ多いが、文句を言わず引き受けてくれた。

依依は両手で皿を作り、流れる水を溜めていく。

宇静が手元を照らしてくれる。水に濁りはない。ふんふんと嗅いでみるが、においにも問題はない。成分的なところは分からないが、依依の勘によれば生命を損なうような水ではない。

掬った水を、ごくりと飲む。

冷たい液体が喉を過ぎていく。全員が息を呑んで見守っている。

依依は口元を拭い、頷いてみせた。

「……大丈夫です。飲めます」

飲用としてじゅうぶん適した水だ。

飛傑と深玉が、わずかに頬を緩めて近づいてくる。歩き通しで二人とも疲れているし、喉が渇いている。

煮沸したほうが安全だが、岩の湧き水であれば地中でろ過されている。危険は薄いだろうと依依は判断した。

振り返ると、先ほどと変わらない姿勢で宇静が直立していた。

依依は今さら気がつく。両手が塞がっている宇静は、飲みたくても水が飲めないのだ。

松明を持つ係を交代しようとして、それよりも早いかと、依依は幾筋も流れている湧き水を再び手に掬った。

たっぷりと揺れる水を、宇静の前に差し出す。

「将軍様、どうぞ」

「……なんだ、これは」

「水です」

見た通りの水だと説明すれば、宇静はなぜか閉口している。

「飲んでください。冷たくておいしいですよ」

炎に照らされた宇静の眉間に、深い皺《しわ》が刻まれている。

彼は苦言を呈そうとしたようだったが、そんなことをしている間に、依依の手から水が染み出している。

「ほら、早く早くっ。こぼれちゃいます」

「…………」

急かされて観念したらしい。溜め息交じりに、宇静が前屈みになった。

依依の手のひらから直接、水を飲む。目を閉じていると、彼の睫毛《まつげ》の長さが明らかになる。逞しい喉が動く様もはっきりと見て取れた。

その横顔の線に沿うように、さらりと青い髪が流れる。

依依の両手は、その弾みにわずかに震えた。

(これ、ちょっと……は、恥ずかしいかも)

無防備な美丈夫を見下ろしているうち、今さらながら依依は羞恥心を感じてきた。

だが自分から提案したのだ。今さらやっぱりなしで、とは言えない。

「っ」

ぴくり、と依依の肩が跳ねる。宇静の唇が、依依の手のひらに当たったのだ。

わざとではなかったのだろう。顔を上げた宇静は気まずそうだった。

「すまない。助かった」

「い、いえ」

依依は激しく首を横に振った。

視線を感じて振り返ると、水を飲み終えた飛傑が、なぜか冷ややかな笑みを浮かべている。

「ずいぶんと楽しそうだな」

「べ、別に楽しくはありませんけど……」

遊んでいたわけではないので、依依はとりあえず否定する。しかし飛傑の表情はますます冷たくなっていた。

行儀の悪さが目に余ったのか、それとも――。

（こ、これも何か疑われてるの？）

依依の背筋を冷たい汗が流れていく。

深玉に至っては、その手があったかみたいな顔をしている。どちらの反応も怖い。

「陛下、お目汚しをして申し訳ございません」

頭を下げる宇静を、飛傑が眇《すが》めた目で見やる。

「余は、謝ってほしいと言ったわけではないのだが」

では、飛傑は何を求めているのか。

（ていうかなんだろう、この雰囲気……）

なぜか、飛傑と宇静の間に漂う空気が、少しぎこちないような気がする。

赤髪の襲撃者の件が、彼らの間にも影響しているのか。それとも、何か別の理由なのだろうか。

考えても分からない依依は、この重い空気をどうにか払拭しようと挙手する。

「陛下！　今後、僕は手のひらから直接、人に水を飲ませたりはしません！」

（これで万事解決ね！）

もともと、依依が不用意な真似をしたのが悪かったのだ。今後はこんなことしません、と伝えておけば飛傑も納得することだろう。

自信満々の依依だったが、予想と異なり、飛傑は呆れたような目を向けてくる。彼のみならず、宇静もだ。

（あ、あれ？）

肩すかしを食らった依依が戸惑っていると、宇静が進言する。

「陛下も淑妃も共にお疲れでしょうから、今晩はここで休みましょう」

その発言によって、気まずげな空気はいったん取り払われたのだった。


依依たちはそれぞれ、岩場に座って休むことにした。

光源となるのは、岩壁の凹みに引っかけた松明の炎だけだ。その火もほんのりと小さくなっている。焚き火をすれば少しは雰囲気も明るくなっただろうが、洞窟内には材料になる枝が落ちていなかった。

(さすがにここまで、簡単には追ってこられないと思うけど)

洞窟内に、最近になって人が歩いた形跡はない。

宇静の睨んだ通り、山中に潜んでいた襲撃者——黒布たちは、この洞窟については把握していないと見ていいだろう。

「疲れた……」

しばらく水を飲んでいた深玉が、項垂《うなだ》れたように呟く。彼女の細い手が腹部を擦《さす》ったのを見て、依依は立ち上がった。

空腹は苛立《いらだ》ちを生み、心の余裕を奪う。まだ洞窟を出られる兆しがない今こそ、貴重な保存食を開封するときであろう。

「将軍様、こちらなんですが」

布包みを見せたところで、宇静は意図に気がついたようだった。

「お前からお渡ししてくれ」

宇静がそう言ったのは、まだ飛傑とぎくしゃくしていたからかもしれない。

(それは私も同じだけど)

と思いつつ、断る理由もないので依依は頷く。

「分かりました」

依依は皇帝付き武官という立場である。飛傑と直接話すことを許された立場だ。

ふぅと重い息を吐いていた飛傑に、依依は跪《ひざまず》いて恭しく差し出した。

「皇帝陛下、粗食ですが献上します。干物と梅干しです」

「……いいのか？」

当たり前です、と依依は頷く。かなりがんばって頷いている。

正直なところ、自分ひとりで隠れてこっそり食べたい、という気持ちがなかったわけではない。

動物が住まず、虫がほとんどいない洞窟では、水の次に食料は貴重なのだ。

だが、そうしなかった。今の依依は皇帝や宮城を守る仕事をしてお給料をもらっている。

その役割は広義的に見ると、用心棒に近い。

(用心棒はお金をもらう代わりに、命がけでその人を守るものだもの)

この場合の守るには、命の危険から、という大きな意味が含まれている。

それに草葉の陰から見守ってくれている若晴に、我が身可愛さで食料を隠す姿など見せたくはない。

……口内に大量の涎《よだれ》を溜めている件については、若晴は見て見ぬ振りをしてくれることだろう。

「淑妃、分けて食べよう」

飛傑が深玉に声をかける。

彼に渡したのは、全体からすると四分の一ほどの食料だ。残り四分の三についても、こっそり依依が食べるわけではない。今後、食べ物を確保できる保証がないので、少しずつ渡すことに決めたのだ。

（これっぽっちじゃ、お腹は膨れないだろうけど）

二人で分ければ、魚の干物と梅干しがたった半分ずつ。

皇族と上級妃に捧げるものとしては、貧相すぎる食事内容である。

深玉の表情には明らかな落胆がにじんでいたが、彼女はそんな不満を言葉にしないだけの分別を持っていた。何も食べられないよりはまし、という気持ちもあったのだろう。

しかしそこで、飛傑は距離を置いていた宇静と依依にも声をかけてくる。

「何をしている。そなたらも来てくれ」

どうやら飛傑は半分ずつでなく、四分の一ずつ食べようと思っていたらしい。

この提案に、依依と宇静は顔を見合わせる。

依依の目には、ちょっと期待が覗いていたのかもしれない。宇静が厳しい顔つきで首を横に振ったものだから、あえなく撃沈したのだが。

「温泉宮に着く前に、案内役が倒れては困るだろう。それに同じ釜の飯を食う、というしな」

二人の無言のやり取りに気がつきながら、飛傑はもっともらしいことを言う。

「それなら畏れ多くも、昨夜頂戴しております」

宇静の返事は無愛想なものだ。口内に涎を溜めすぎた依依は無言である。

ふぅ、と飛傑がこれ見よがしな溜め息を吐く。

「そなたらが食べないのであれば、余も食べないことにしよう」

梅干しのかけらを指の先でつまんでいた深玉は、その姿勢のまま固まっていた。飛傑が食事を拒む場合、妃である彼女だって食べるわけにはいかないのだ。

「……陛下」

ほとほと困り果てた声で宇静が呼ぶ。

我《わ》が儘《まま》を言わないでほしい、とその目が訴えている。飛傑は見えない振りを決め込んでいるようで、宇静と目を合わせようとしない。

こうなると、宇静が折れたほうが早い。いつだって緑茶月餅を半分こして、大きいほうを宇静に分けていたという飛傑のことだ。おそらく、彼は譲らない。

――ということにきっと宇静も気がついているのだが、清叉将軍としての責任がそれを許さない。

そして二人の間に立ち尽くす依依は、痛切に思っていた。

(分けてくれるか、早く食べるかのどっちかにしてほしい！)

耳だけでなく、依依は鼻もいい。梅干しのにおいを拾うたび、涎がどばどばと無限に溢れ出ている。生殺しもいいところである。

決め手になったのは、飛傑の脅迫まがいの発言である。

「これは勅命だぞ。宇静、依依」

「……承知しました。ありがたく頂戴いたします」

結局、折れたのは宇静だった。依依はその後ろで何度も頷いた。

仲良く、わずかな保存食を分け合う。

量に乏しすぎて胃が膨れることはないが、運命共同体である、という意識は四人の海馬にしかと刻まれたのだった。


短い食事を終えて、一行は思い思いの姿勢で休むことになった。

空気は変わらず冷え冷えとしている。飛傑や深玉は脱いだ上着や外套にくるまるようにしている。防寒のため二重三重に中綿を入れているので、それなりに暖かいだろう。

目蓋《まぶた》こそ閉じているが、どちらも寝入ってはいない。何度も寝返りを打っていることからも明らかだ。

寝つくにも体力がいる。それに水場が確保できたことで心にはわずかな余裕が生まれたが、暗闇は人の感覚を狂わせる。天井が低いせいで、強い閉塞感もある。

「今、何刻なのかしら」

外の時間帯が分からないのは、精神を疲弊させる大きな要因になる。消え入りそうな深玉の独り言は、そんな不安が如実に表れたものだった。

今が夕方なのか、夜なのか。それとも朝なのか昼なのか。

依依は、水で膨らませた腹部に触れてから答える。

「おそらく子《ね》の刻です」

まず返事があったのと、その返答内容にも深玉は驚いたようだった。

「……どうして分かるのよ」

「僕の腹時計は正確なので」

深玉はいまいち信用ならないと言いたげだったが、否定できる材料もないのを思い出したのか、何も言わなかった。

壁にもたれて片膝をついた依依は、ぼんやりと思考する。

(本当だったら今頃、温泉宮に着いていたはずなのよね)

まさかこんなことになるとは、夢にも思わなかった。その油断が現状を生んだともいえるわけだが、そうはいっても依依ひとりでは防ぎようがない事態だった。

(温泉宮の食事、おいしいって有名らしいけど)

潤沢な山の幸、川の幸……それに、温泉卵。

魅力的な食材の数々が脳裏をよぎれば、きゅるきゅるきゅるきゅる、と依依の腹が悲しげな音色を奏でる。

（ああ……）

このままでは、お腹と背中がくっついてしまいそうだ。

依依は固い地面に寝転がって、力いっぱい暴れたくなった。人目がなければそうしていただろう。

そんなことを考える間も、きゅるるるの音は続いている。

別に依依だって、さもしい音を鳴らしたくて鳴らしているわけではない。これは胃袋の慟哭である。

国中が大飢饉に襲われたときは、その日の食事に困りながらも若晴と共に生き抜いてきた依依だ。今朝も鍋の残りを食べているので、あの頃よりは恵まれている……はずなのだが、空腹感は似たような度合いに達していた。

（私の胃袋も、ずいぶんと甘えん坊になってしまったわ）

ふっ、と依依は力のない笑みをこぼす。

寒村での質素な、もっというと貧しい暮らしぶりに比べて、宮城に来てからの依依は栄養たっぷりの食事ばかりとっている。純花の身代わり生活の際には、庶民では一度も口にできないだろう豪勢な食事に加えて、お菓子までたらふく食べていたのだ。

（思い出しちゃだめよ、楊依依《ヤンイーイー》。ますます辛くなるばかりだわ……）

もの悲しい音楽は鳴り止まない。

わざとではないと分かっているので、誰も何も言わず、聞こえない振りをしてくれている。三人の優しさが、いっそう依依には悲しく感じられる。
すっかりやつれた依依は、空腹を抱えたまま眠りについた――。

第四章　錯綜する思惑

「ねぇ……ちょっといい？」

声をかけられるより早く、接近してくる足音には気がついていた。

依依《イーイー》はゆっくりと目を開けて、身を起こす。身体の反応が遅れたのは、疲労のせいというよりも、夢の残滓《ざんし》を必死になって追いかけていたからである。

依依は夢を見ていた。饅頭《マントウ》に埋もれる夢だった。

夢の中の依依は狂喜乱舞して饅頭に溺れていた。いい夢だったが、覚めてしまえばむなしさが胸に残る。

（まだ、夜明け前かな）

本音を言えばもう少し寝ていたかった。いろんな意味で。

「円淑妃、僕に何か？」

寝ぼけまなこをこすって、依依は首を傾ける。深玉《シェンユ》に呼び出される理由は、皆目見当がつかない。

すると高飛車な妃は頬を赤くして、ぼそぼそと小声で言う。

「……手洗いに付き添ってほしいの」

（ああ）

これは自分の察しが悪かった、と依依は内省した。

「分かりました、お供します」

返事をすれば、深玉はほっとしたようだった。

すぐ近くに地面が陥没している地点があり、そこには池のように水が溜まっていた。地面に溜まった水では下痢を起こす危険が高いので、その池は洗手間《シーショウジェン》として使うことになっている。

池があるのは、休憩地点から少し離れたところだ。だが、ひとりで暗い洞窟内を歩いていくのは恐怖以外の何物でもないだろう。蝶よ花よと育てられた令嬢ならば、なおさらだ。

そしてこの場合、皇帝である飛傑《フェイジェ》に付き合ってもらうなんて以《もっ》ての外《ほか》だ。同じく鬼将軍として知られる宇静《ユージン》もそうだろう。この顔ぶれでは、消去法で依依を選ぶしかないのだ。

依依は力の出ない身体を引きずるようにして、煌々《こうこう》と燃える松明を手に取った。

飛傑と宇静を起こさないよう、水場を離れる。宇静は起きていたのかもしれないが、いちいち声をかける必要はない。

「帰りも、ちゃんと付き添いなさいよ」

「もちろんです。何かあったら呼んでください」

依依は深玉の心情を気遣い、離れた位置で彼女の帰りを待つことにした。離れすぎても心細くなった深玉が文句を言うので、距離を見極めるには苦労したが。

戻ってきた深玉は、湧き水で手を洗う。これでお役御免かと思いきや、振り返った高飛車な妃の目は、高圧的な光を宿していた。

「ちょっとついてきて」

「また洗手間ですか？」

さっき行ったばかりだが、近いのだろうか。若いのに……。

「そんなわけないでしょうっ」

小声で怒鳴られる。空腹か疲労のせいか。否、これはいつも通りの深玉であった。

結局、深玉はまた水場から離れる。依依は渋々ついていく。

深玉が足を向けたのは池の方向ではなかった。飛傑たちから離れた位置まで来ると、彼女はぴたりと立ち止まる。

「お前、名前はなんといったかしらぁ」

「楊依依《ヤンイーイー》です」

依依は大人しく答える。彼女の前で名乗ったこともあったが、一武官の名なぞいちいち覚えてはいないのだろう。高貴な人というのはそういうものだから、いちいち気にすることでもない。

「それじゃあ楊依依。あたくしと皇帝陛下の距離が縮まるよう協力なさい」

「……は？」

しかし告げられた言葉の意味が分からず、依依は口を半開きにしてしまう。

深玉はうきうきしたように袖を揺らしている。

「これは今までになく大きな機会だもの。天が授けてくれたせっかくの時間を、無駄にはできないわぁ」

「お待ちくださいませ円淑妃。今はそれどころではありません」

襲撃を受け、仲間と分断されてしまった。現状の依依たちは孤立無援だ。

こうしている今も襲われる危険性がないとは言えない。宇静と依依は、一刻も早く二人を安全な場所に送り届けねばならないのだ。

「それどころってねぇ。あたくしにとっては、いちばん大事なことよ。貴妃も徳妃も賢妃もいない今を、逃すわけにはいかないわぁ」

深玉は依依の諫言《かんげん》には聞く耳持たず、好き勝手なことを言っている。

依依は歯痒い気持ちになる。今まで何度か話しただけだが、深玉は決して愚かな女性ではない。

今は横車を押している場合ではないと、彼女だって理解しているはずなのに。

そこまで考えたところで、ふと依依は閃いた。

「まさか、馬車の車輪が外れたのって……」

「はぁっ？　違うわよ！」

うっかり心の声が漏れていたらしい。

あらぬ疑いをかけられていると気がついた深玉が顔を真っ赤にする。

「皇帝陛下にお近づきになるためだからって、そこまでするわけないでしょ。温泉宮についてからいちゃいちゃするほうがよっぽど賢いわ」

怒る深玉を、依依は変に思われない程度に見つめる。

(表情と声色に、嘘はなさそうだけど……)

「変なことを言ってすみません。円淑妃は、身を挺して子桐《シャオトン》さんを助けてましたしね」

子桐を助ける深玉の姿に、依依は少なからず驚かされた。

妃として褒められた行動かどうか、という観点でいうなら、正しくはないのだろう。

だが依依にとっては違う。自分以外の誰かを躊躇《ためら》わずに救ってみせた深玉は、人として好ましいと思えた。立派だと思ったのだ。

(あんなの、誰にでもできることじゃないから)

深玉は依依の謝罪の言葉に、ふんっと鼻を鳴らす。

「あれはただ、咄嗟に動いちゃっただけ。今は子桐を助けたことを後悔してるくらいだわぁ」

「そうですよね。淑妃は咄嗟に動いちゃっただけですよね」

「な、なんなのよぅ、その生ぬるい笑みは……」

悪びれる深玉だが、その言葉が真実ならば、彼女の行動に打算はなかったということだ。

そもそも依依がいなければ、深玉はあの場で命を失っていたかもしれない。黒布は迷いなく、深玉のことも狙っていたのだから。

（今回の襲撃に、円淑妃は関与していないと見ていいわね）

清叉軍に内通者がいる、という可能性もなきにしもあらずだが、それならば深玉ではなく、皇帝が乗る馬車に細工したほうが手っ取り早い。目的が皇帝ならば、の話だが。

やはり車輪が外れたのは、今のところ偶然の産物と見るべきだ。運が黒布たちに味方しているということである。あれは馬車を襲うには絶好の事故だったのだろう。

「それで、協力してくれるのよね？　お礼は弾むわよ」

なぜか深玉は話を戻してしまっている。

「いや、それは」

「んもう。煮え切らないわねぇ。あなただって若い男なんだし、気になる人のひとりや二人、いるんじゃないの？」

「気になる人……」

とある顔が、依依の脳裏に浮かぶ。

それを感じ取ったのか、深玉がにたりと笑ってみせる。艶やかな唇が、依依を誘うように言葉を紡いだ。

「その人と近づきたい、そのためなら手段は厭《いと》わない……そんな相手がいるのなら、あたくしの気持ちだって理解できるわよね。ね、そうでしょう？」

「はぁ」

（私が気になるのは純花《チュンファ》なんだけど……）

　いつだって双子の妹が気に掛かる依依である。

　温泉に行けないのは可哀想だったが、こうなってからは、純花が賭けに勝たなくて良かったと思えてくる。彼女の身に何かあったら、依依はとても冷静ではいられなかっただろう。

（後宮は、外敵に対しては無類の強さを誇るもの）

　無論、内側で渦巻く策謀についてはそうではないのが痛いところだが、外部からの襲撃に関しては後宮ほど安全なところはない。黒布が道中を狙ってきたのも、そういう理由からだろうが。

「というか……気になる相手って、皇妹殿下のこと？」

「ち、違いますよ」

　依依は慌てて否定する。

　ふぅん、と深玉は疑わしげな顔をしつつ、さらに問うてくる。

「じゃあもしかして、円秋宮の女官じゃないでしょうねぇ？」

「それも違います」

　これについても、やはり依依は即座に否定した。皇太后だけでも手に負えないのに、深玉にまで変な誤解をされるわけにはいかない。今後いろいろ差し支える予感がする。

「それならいいけれど、あの子たちに手を出すのはやめてちょうだいね」

　依依は絶句した。そんなに依依は手が早そうな、軟派で軽率な武官に見られているのだろうか。

しかしそういうわけではなかったらしい。深玉は溜め息交じりに理由を教えてくれた。

「今回、あたくしに同行する女官を選ぶにも一苦労だったもの。あなたがいると知って、あの子たちったら自分が行く、いや自分が、って全員暴走しちゃって……最終的には賭け事をやらせて、子桐に決まったのよぅ」

「それは……なんというか、すみません」

女官に手を出したわけでもなし。依依が全面的に悪いわけではないが、遠い目をする深玉には当時の苦労がにじんでいる。思わず謝ってしまった。

（まさか四夫人だけじゃなく、円秋宮でも賭けが行われてたなんて）

今後はなるべく、円秋宮に近づかないほうが良さそうだ。お互いのためにも。

――それにしても、と依依は思う。

深玉も、円秋宮の女官たちも。彼女たちはいつも、色恋沙汰を中心に動いている印象がある。

女性としては珍しいことではないのだろう。それも娯楽の限られた後宮に住まう身なのだから、自然なことなのかもしれない。

そんなことを思いながら、依依は訊ねていた。

「円淑妃は、皇帝陛下のことが好きなんですか？」

「はぁ？」

深玉が素っ頓狂な声を上げる。

妃への質問としては、あまりにも野暮なそれ。だが依依の表情には揶揄《やゆ》ではなく、真面目に答えを求める誠実さがあった。

深玉はふぅ、と息を吐く。

「好きも何も、あたくしはあの方の妻なのだけど……というかあなた、十六歳だったかしら。いいわねぇ～、若くて」

流し目で放たれた言葉には、小馬鹿にしているような調子がにじんでいた。

依依は思わず、むっとする。

(淑妃だって、私より四歳上なだけなのに)

そこまで年齢に開きがあるわけではない。だが深玉の声音には、融通の利かない子どもに言い聞かせるような優しささえあった。

「もちろん、皇帝陛下のことはお慕いしているわよ。でもそんなの関係ないわぁ。あたくしは他の女を出し抜きたいの。健康な男児を産んで、皇后の座に、ゆくゆくは皇太后の座に就く。それがお父様の……ひいては円家の望みだもの」

「家のために生きる、ということですか？」

その生き方は、若晴《ルオチン》と二人で暮らしてきた依依には理解できないし、想像もつかないものだ。

しかし純花は、深玉と同じような立場に置かれているはずだ。

大貴族である四家からは、必ず皇帝の妃としてひとりの娘が入宮を求められる。母親の思悦《スーユエ》ができなかったことを、純花は代わりに果たしている。

当たり前だというように、深玉は鼻を鳴らす。

「そうよぉ。選ばれなければ残される道は、実家へと戻されるか、高官に褒美として下賜されるかのどちらかだもの。あたくしの場合は、寺にでも入れられるかもしれないわねぇ。選ばれなかった女に、価値なんてないのだから」

長い袖で口元を隠した深玉は、ふふっと軽やかな笑い声を漏らした。

「あたくしは美しく生まれた。美しさを磨くための努力もしてきたわぁ。湯水のようにお金を使い、古今東西のあらゆる美容法にも手を出してきた。すべては、あの方に選ばれるためよ」

背筋を伸ばし、大きな胸を張る。何も恥ずかしいことはないのだと、深玉は自身を誇示する。

「それに運がいいことに今上帝は容姿の優れた方で、賢君でもあるわ。女にあまり興味を示さないところは難点だけれど、攻略しがいがあるとも言えるし」

深玉の表情にも声音にも、嘘はない。

だからといって、心からの本音でもなかったのだろうが――依依は率直に、思った。

（この人、かっこいい）

深玉は何かを諦めて、後宮に入ったわけではない。示された道を歩きながら、そこで誰よりも立派で、きらびやかな成果を残そうとしているだけなのだ。

そこで深玉が頰に手を当てる。

「今のところ突破口が見当たらないのだけど……あたくしの勘ではね、皇帝陛下にはすでに意中の相手がいるようなの」

「意中の相手、ですか」

「そうよ。でも四夫人じゃないと思うわぁ。残念ながらあたくしを含めてね。灼賢妃がその相手なのかと思ったこともあるけど……最近の様子を見る限りは、違うみたい。今回も同行者に選ばなかったしね」

　ほうほう、と依依は頷く。

　こと色恋において、女性の勘ほど鋭いものはない。深玉の言う通り、飛傑に意中の相手がいるとするなら、それが誰なのかは依依としても大いに気になるところだ。

「円淑妃の勘が当たっているとすると——もしかしたら皇帝陛下の思い人は、後宮の外にいるかもしれないってことですか？」

「そうよ、そういうこと。お前、見た目に反して頭が回るわねぇ」

　褒められているのか、けなされているのかはだいぶん微妙だ。

「で。皇帝付き武官として、心当たりはあるのかしらぁ？」

　深玉の目が鋭く光る。どうやらそのあたりも探りを入れるつもりだったらしい。

　依依は考えるまでもなく首を横に振った。

「いえ、まったく」

飛傑の周りには女っ気がない。深玉の言うような人物は、候補すら見当がつかなかった。

(将軍様なら、何か知ってるかもだけど)

異腹とはいえ兄弟なのだ。宇静には秘めた胸の内を明かしているかもしれない。機会があれば訊《き》いてみたいところだ。

「そうなのね。もしもそれっぽい相手を見つけたら、あたくしに連絡してちょうだい」

「分かりました」

見つける自信はまったくなかったが、依依は頷いた。

「じゃあ、皇帝陛下との距離が縮まるよう協力もしてくれるのよね？」

「いや、そっちは」

それとこれとはまた別の話である。

深玉の置かれた立場や考え方については、その一端を理解できた。だからといって、この洞窟で彼女の策を手伝う気は起きない。

返事を濁す依依だったが、深玉は一枚上手だった。

「あと一応言っておくけど、あの怖ぁい顔した鬼将軍にはこの件は内緒にしてちょうだい。――それじゃ楊依依、確かに頼んだわよ！」

「あっ、ちょっと！」

てきぱきと言い残すなり、さっさと立ち去ってしまったのだ。

自分勝手な妃に置き去りにされた依依は、やれやれと額を押さえる。

――『護衛対象が想定外の動きをして、あんたの判断を鈍らせることもあるだろうね。あんたの腕っ節だけじゃどうにもならないことが、次から次へと出てくるはずさ』

（こういうことね、若晴……）

いつかの若晴の警告が胸に甦《よみがえ》る。

思えば、最初の護衛任務でも苦労したものだった。

苦い思い出を頭の中で振り返ろうとしたとき、前方からぱたぱたと足音が響いてくる。

「楊依依、何をぼぅっとしてるの。早く来なさい！」

暗いのが怖くて戻ってきた深玉だった。依依は溜め息のような返事をして、駆け出した。

洞窟内で迎えた初めての朝は、爽やかとは言いがたいものだった。

といっても、それが朝なのかは明確ではない。日の光が射さなければ、小鳥の鳴き声も聞こえない洞窟では、全員が起き出した時間を朝と思うしかなかった。

依依も早朝だとは思うものの、もはや体内時計も狂っていると見たほうがいいだろう。燃料がないので仕様がないことだ。

（うう、頭もちょっとかゆい……）

依依は赤い長髪を隠すために、頭巾と帽子を着けている。汗をかくと蒸れるのだが、暗い洞窟だからと不用意に外すのは憚《はばか》られた。

同じような悩みを三人それぞれに抱えているだろう。濡らした布巾で首や手足を拭ったくらいでは足りない。夏真っ盛りでないとはいえ、汗をかけば身体はいやでも臭ってくる。

（私には、純花からもらった香袋が頼りだわ！）

こんなことになっても、懐の香袋からは淡く優しい香りが漂っている。

気力体力ともにじゅうぶんとは言えないが、このまま立ち止まっているわけにはいかない。せっかく見つけた水場を離れるのに不安はあるが、そこはまた見つかるはず、と前向きに考える。

それまでは宇静が腰に下げた水筒が頼みの綱だ。

全員が水分補給を終えたのを見計らい、宇静が呼びかける。

「それでは、出立しましょう」

飛傑が頷く。そんな彼の隣に深玉の姿がある。

歩きにくいと分かっているので、むやみやたらに飛傑にひっついたりはしていない。その調子でずっと大人しくしててくれ、と依依は願うばかりだ。

――唯一、皇帝にしっかりとした関心を寄せている四夫人・深玉。

なぜか今代では少数派に属してしまっている奇異な妃だが、飛傑に接近するためだからと無茶な真似をされては困る。そうして生まれる不測の事態は、必ず避けなければならないものだ。

(でも言葉で説得しようとしても、分かってもらえないし)

もうみんな死ぬんだー！　みたいな感じで深玉が自暴自棄になっていないのは、喜ぶべきことだが……黒布だけでも手を焼くというのに、深玉の動向まで気にしていては身が持たなくなる。

深玉をじっと注視していると、隣の飛傑が先に気がついたらしい。

「どうした依依」

ぎろりと深玉から睨まれる。余計なことを言うなよ、の目だ。

「……いえ。なんでもありません」

短く答え、依依は松明を取りに向かう。

(まぁでも、やろうと思っても何もできないか)

深玉はただの気まぐれで、あんなことを言ったのだろう。

何か具体的な行動に出ることはないはず……と考えて、依依は今日も先頭についた。

それからずいぶんと歩いたものの、特筆すべきことは何もなかった。

何もない、というのは依依たちにとって二番目に避けたいことだったが、本当に何もないのだから仕方がない。ちなみに一番目は、黒布と遭遇するとかどの道を行っても行き止まるとか、そういう進退窮《きわ》まれりな事態である。

洞窟内の景色は依然として変わりない。暗くて、ひんやりとしていて、出口は一向に見えてこないままだ。

そして歩いているうちに、依依を含む全員の口数がどんどん減ってきた。喋るのにも体力がいるのだ。

ちらりと後ろを振り返る。飛傑はまだしも、深玉の足取りが重い。昨日から歩き通しでふくらはぎが痛むのかもしれない。

依依も同じ女ではあるが、深窓の令嬢であった深玉とは育ってきた環境が違いすぎる。肉体的な強さを深玉に求めるのはあまりに酷だ。

それに彼女はほとんど泣き言も言わずにがんばっている。こうなると、先頭を行く依依が速度を調節するしかない。

それにしても今日は、全体的に歩く速度が格段に遅くなっていた。

（水場は発見できてないけど）

このまま無理に進むのは危険だ。

「ここで少し休憩しましょう」

同じことを宇静も感じていたのだろう。彼が呼びかけたところで、依依は腰帯に仕舞った布包みを開いてみせた。

「梅干し、食べましょう！」

昨日のように夜の休憩時までとっておくつもりだったが、士気を鼓舞するのに食事は必要だという判断だった。

疲れた身体を回復させるのに梅干しは有効だ。飛傑との約束で、ひとりにつき四分の一だが。

（少しはみんな、これで元気が出るといいんだけど）

袖で手を拭った依依は、梅干しを四つに分ける。

宇静と飛傑は、すぐに口に含んだ。味わうように口内で転がしているようだ。依依も同じようにする。

（ああ、塩気と酸味が最高……！）

疲れた身体に染み渡る梅干しは、昨日以上の味わいだった。

生涯食べた梅干しの中で間違いなく、いちばんおいしかった。一生しゃぶっていたいくらいだ。

指はあとで舐めようと思う。

「円淑妃もどうぞ」

感動しながら差し出す依依だが、俯きがちな深玉は答えない。

「淑妃？」

「…………」

彼女は梅干しを受け取らないまま、飛傑のほうを向く。

そうして、何を言い出すかと思えば。

「皇帝陛下ぁ。あたくし、疲れて指が……持ち上がりません」

唐突な発言に、深玉を除く全員の目が丸くなる。

あだっぽい淑妃は瞳を潤ませると、飛傑を上目遣いに見つめる。

「もしも、もしもお慈悲をいただけるのなら……あたくしにこの梅干しを、陛下手ずから食べさせてくださいませんか？」

依依はどっと背中に汗をかいていた。

（ま、まさか今、動き出すなんて……）

――そう、依依は深玉の根性を舐めていた。

他の妃がいない現状を活かそうとしていた深玉だが、疲労困憊では何もできないだろうと踏んでいた。だが彼女は、ここぞという場面でしっかりと行動を起こしたのだ。

（その勇気には畏れ入るけど！　もはや感服してるけど！）

飛傑はといえば無言である。

彼はつまらないことで怒り出すような皇帝ではない。だからといって、美女の色仕掛けに相好を崩すような皇帝でもないのだが。

勝機の薄さを感じ取ったのだろうか。正面に立つ深玉の口が、依依に向かってぱくぱく動いている。どうやら依依に加勢を期待しているらしいが……。

（無理ですからね、無理ー！）

と、依依もまた、口をぱくぱくして返す。深玉がむっとする。依依、首をぶんぶん横に振る。この繰り返しである。

「依依はどう思う」

「はえ」

急に飛傑に呼ばれ、依依は変な声を出してしまった。

「どっ、どう思うも何も……」

なぜここで依依に水を向ける。

（家庭内の問題を洞窟にまで持ち込まないでほしい！）

依依は混乱する頭でそんなことを思う。家庭というには後宮はいささか大きすぎるのだが。

しかしここは、一般的な答えを返したほうが無難だろう。

「自分で食べたほうが、食べやすいんじゃないかなぁ、と……」

深玉は人を射殺しそうな目をしている。

「でも疲れたときは、食べさせてほしいと思うときも、あるのかもしれないなぁ、と……」

あ、ちょっと和らいだ。

「ふむ。それが、そなたの考えというわけか」

「ええっと。考えというほどのものでは、ないんですけど」

「どういうことだ？　余に詳しく教えてほしい」

やたらのんびりと、飛傑は口を動かしている。

戸惑うばかりの依依だったが、そこで耐えかねたように深玉が両手の袖を大きく揺らした。

「い、いいから皇帝陛下ぁっ。早くあたくしに梅干しを……」

「良かった、円淑妃。指は持ち上がるようになったのだな」

「……え？」

深玉が目をぱちくりとさせる。飛傑は微笑んで依依を見やる。

「依依、早く梅干しをやってくれ。淑妃も疲れているだろうから」

「は、はい。どうぞ」

言われるがまま、依依は深玉に梅干しを差し出す。

「……ええと、どうもありがとう」

こうなっては深玉も断れず、大人しくつまむしかない。

依依は密かに、感嘆の息を吐く。

（さすが、腹黒皇帝陛下だわ！）

最近は鳴りを潜めていたが、そもそも飛傑はこういう人だった。笑顔でのらりくらり躱すのは、飛傑の得意分野なのだ。

今回はわざと依依に話を振ることで、先に深玉の忍耐力が切れるのを誘ったのだろう。彼女だって手ずから食べさせてくれなんて口にするのは、相当恥ずかしかったはずだから。

しかも深玉に恨まれているのは、役立たずだった依依だけである。飛傑はまったく損していない。

（あれ？　そう考えると、なんか腹立たしいような）

彼にうまいこと利用された、というわけだ。

依依のじっとりとした視線には素知らぬふりをして、飛傑はさっさと腰を下ろして休んでいる。

しばらくもぐもぐと梅干しを頬張っていた深玉も、飛傑から少し距離を置いて座り込んでいた。

先ほどの一件が尾を引いているのだと思われる。

「依依。俺は少し先を見てくる」

「僕も行きます」

すかさず名乗り出ると、宇静は訝しげな顔をした。

「お前はここにいろ」

「追っ手の気配はしません。少しくらいなら離れても問題ないかと」

依依の述べた理由に誤りはないが、わざわざ宇静についていく根拠としては希薄だ。

その言葉で、内密に話したいことがあるのだと宇静も察してくれたようだ。頷いた彼と共に、依依はその場を離れる。

（よし、うまく行ったわ！）

内心、依依はほっとしていた。ほとんど四人一組で行動しているので、依依が宇静と二人で話す機会はここまでなかったのだ。

——そう。

依依は深玉の講じている策について、宇静に話しておくつもりだった。

口止めされているが、致し方のないことである。自分ひとりで持て余す情報は、他の人にも流すしかない。この場合は上官の宇静である。

(さすがに皇帝陛下本人に話すようなことは、可哀想でできないけど)

あの様子では飛傑も薄々勘づいているのかもしれないが、依依が告げ口するのと本人が自発的に気づくのではだいぶ違う。

(恨まないでね、円淑妃！)

飛傑たちが見えなくなってから、依依は口火を切った。

「将軍様、お耳に入れておきたいことがあります」

「なんだ」

こそこそと近づいていく依依に、宇静は最低限の言葉で応じる。

依依はさっそく本題を口にした。

「実はですね、円淑妃が」

「淑妃が」

「皇帝陛下との距離を縮めたいそうでして」

宇静が後ろを振り返る。もう二人の姿は見えていない。

「詳しく話せ」

(はは－)

依依は深玉から受けた指示について、包み隠さず話した。

聞き終えた宇静は、ぽつりと呟く。

「……そうか。先ほどの指が持ち上がらないうんぬんは、そういうことか」

(そういうことなんです)

あの言動は、やはり宇静の目にも不審に映っていたようだ。

「妃というのは、帝の寵愛を得るためならどんな無謀なことでもやるんだな」

馬鹿にする類いのものではない。宇静の声音には感心がにじんでいる。

「無謀かどうかは、私には分かりません。いつか気持ちが届く日が来るかもしれませんし」

深玉は見目麗しい女性だ。努力をし続けた結果、淑妃という高い地位を得てもいる。今のところその気はないようだが、飛傑が彼女の魅力に落ちる日が来ないとは限らない。

しかし宇静は目を眇め、依依を見下ろしてくる。

「……お前がそれを言うか」

「どういう意味です？」

「いや、いい」

なぜだか、呆れたような溜め息を吐かれる。

「話は分かった。それなら放っておいて問題はないだろう」

「えっ」

「むしろ策を弄するだけの元気があるなら、警護するこちらとしては助かる。陛下は迷惑がるだろうが、それくらいは引き受けていただこう」

当てが外れた依依は戸惑う。てっきり宇静のことだから、そっと深玉を諫《いさ》めるのではないかと思っていたのだが。

洞窟内の調査を再開する宇静を、慌てて依依は追う。

「お前の危惧するところは分かる」

何を言わずとも、宇静はそんな依依の心情に気がついているようだった。

「円淑妃が予測できない行動を取ることで、皇帝陛下が窮地に陥るのを防ぎたいのだろう？」

「そうです」

依依は頷く。まさにそれが、深玉の狙いを宇静に話しておきたかった意図だ。

「だが淑妃は、そこまで馬鹿でも無鉄砲でもないぞ。これはたとえばの話だが……敵が目の前で剣を振りかぶったとするだろう。淑妃はそんな場面で、怖がる振りをして皇帝陛下に抱きついたりはしない」

「皇帝陛下を庇う、と?」

子桐を助けた深玉の姿が、依依の脳裏に浮かぶ。

しかしそのことを知らない宇静は、首を横に振った。

「だとしたら妃として立派ではあるが、おそらく我先に逃げ出すだろう。陛下への忠誠心よりも利益を追うのが円家の人間だ。そしてあの家の出身らしく、円淑妃は強《したた》かな女子だからな」

「……なるほど」

依依はようやく、思い至る。

「余裕がなかったのは、淑妃じゃなくて私だったんですね」

諭すように話をされて、気がついたのだ。

(黒布には一方的にしてやられて、しかもその正体は灼家の人間っぽくて……)

これで動揺するなというほうが本来は難しい。

それでも依依は、自分では平静を保っているつもりだった。が、平常心とはほど遠かった。深玉の悪戯《いたずら》心にも惑わされるくらい、冷静ではなかったのだ。

少し考えてみれば、深玉が交戦中に色気を出すほど愚かでないのは明白である。

指が持ち上がらないと言い出したときは安全が担保されていた。時と所と場合とをきっちり弁えて、彼女は行動している。

(まさしく杞憂、だったってことね)

都に来てから、何度も自分の未熟さを痛感してきた。今もまた、同じ思いを味わっている。

「気を抜かないのはいい。だがそれではここから先、持たないぞ」

耳に痛い忠告は、いつぞやの若晴の言葉と重なる。

気がつけば、依依は話し出していた。

「……私、故郷にいた頃に、何度か用心棒を請け負ったことがあったんです。初めて仕事を受けたのは、十二歳のときでした」

興味がない、と宇静はこの場を立ち去るだろうか。

それでも良かった。だが宇静は動かない。静かな目で依依を見つめているだけだ。

「商人だっていう男の人の護衛をすることになって……特に危なっかしい場面もなく、もうすぐ目的の村に辿り着くっていう夜でした。酒を飲んで酔っ払ったその人に、寝込みを襲われたんです」

「……‼」

宇静が息を呑んだ気配がする。

依依にとっては苦い経験だ。

（すっごく、酒癖の悪い人だったのよね……）

護衛対象のことを知れ、と教えた若晴は、何もこんな事態を想定していたわけではないだろう。

だが相手のことを理解していないと痛い目を見るのだと、このとき依依は思い知った。

道すがら男は酒に弱いと言っていたが、依依は深く話を聞かなかった。彼に興味がなく、いつ敵が死角から狙ってくるかと、そちらにばかりどきどきしていたからだ。

だから酒を飲んでいいか問われたときも、好きにしていいと答えていた。もし男の酒癖について細かく確認していたら、そうは答えなかっただろう。

（相手が嘘を吐くことも考えられるけど）

目の動き。瞬《まばた》きの回数。口角の上がり方。手指の動き。嘘を吐き慣れていない人間というのは、必ずどこかでぼろを出す。何か後ろめたいことがあると、唇から出てくる言葉ではなく、何気ない挙動のほうに答えが現れる。

男のことを少しでも知る努力をしていたなら、対策が講じられた。たとえば、本人の手が届かないところまで酒を遠ざけて、野営するにも距離を置くなど。

そうしなかったのは依依の怠慢だった。

「大丈夫、だったのか」

宇静が掠れた声で問いかけてくる。

「それはもちろん！」

依依はしっかりと頷いた。

己の慢心を悟ったからと、大人しくされるがままになる依依ではない。いちばん悪いのは、酒癖が悪い自覚があるくせ、懲りずに酒を飲む奴である。

「顔面が元の形を忘れるくらい、たこ殴りにしました。それと、お酒は二度と飲むなって言ってやりました。その日以降は、夜ごと縛って放置してやりましたし」

　むしろあれでは依依のほうが、よっぽど襲撃者らしかっただろう。

「そんなことがあったおかげで、睡眠時はいつでも警戒心が持てるようになりました。清叉寮でも、大部屋で雑魚寝してたときはたびたび襲われましたしね」

　あの苦い経験も、無駄ではなかったということだ。

　無駄に胸を張る依依だったが、なぜかそこで宇静が頭を下げる。

「すまない」

（えっ）

　依依はびっくりした。

　別に、宇静が謝るようなことではない。性別を偽って清叉寮に入ったのは依依なのだ。いや、別に偽りたくて偽ったわけではなく、女官登用試験だと勘違いしていたのだが。

「謝らないでください。個室に移していただけて、こっちとしては助かったんですから」

　彼の計らいで、依依は大部屋とはすぐおさらばしたのだ。あのときの宇静は依依が女だとは知らなかったのに、服が汚れた依依に沐浴場まで貸してくれている。

（そのあと春彩宴《シュンサイエン》の警護係にも組み込んでもらえたし）

　依依は今さらながら気がついた。

　よくよく考えなくとも、宇静にはお世話になりっぱなしだ。

「将軍様。なんというか、その、いつもありがとうございます」

丁寧にお礼を言うと、宇静は気味悪そうな顔をする。

「なんだ急に。槍でも降らせる気か？」

依依は唇を尖らせた。

残念ながら、依依に天候を操る術はない。桂才《グイツァイ》あたりなら頼めばできるかもしれないが。

「純粋な感謝の気持ちを伝えたいだけですよ。私、将軍様が一緒で良かったです」

依依ひとりだったら、飛傑や深玉を守りきれなかったかもしれない。

宇静の冷静さ、判断の正確さはこの上なく頼もしいものだ。彼がいれば、この先もなんとかなるだろうと思える。

「どういう意味だ、それは」

「言葉通りの意味です！」

にっこりと依依は笑う。

宇静は戸惑ったような顔をしていたが、やがて観念したように小さな声で言った。

「俺も、お前には…………なんというか、感謝している」

「それは、槍の雨では済まなそうですね」

「抜かせ。……言葉通りの意味だ、大人しく受け取っておけ」

宇静がそっぽを向く。そんな彼を見上げていて、依依は思い当たった。

（つまり、将軍様は私の耳に感謝してるってことね！）

確かに依依の聴覚は、ここに来るまで大いに活躍してきた。

「光栄です。私の耳も喜んでます」

「……耳？」

「そうですよ。私の耳はこうやって音を聞き取って、進む道を選び取ってきたわけで……」

依依は、そこでぴたりと口の動きを止める。

「依依？」

不思議そうにしている宇静には答えず、耳の横に手を当てて目を閉じる。

そうしていると、確かに聞こえてくる。微かではあるけれど。

（この、音は？）

「将軍様、足音が……！」

聞こえます、と言い終わる前に、依依は宇静の逞しい背に庇われていた。

闇から、ひょーひょーと異様な声を上げて、何かが這い出てくる。

二人は息を詰めて、炎の先に照らされるそれを見つめていた。

きゃーん、と白い子犬が鳴く。

何かを期待するように、ぶんぶんと尻尾が勢いよく揺れる。

「ほうら豆豆《ドウドウ》、この袋よ。覚えたわね？」

灼夏宮《シャッカキュウ》の庭である。

庭先に立った純花は、豆豆の鼻先で布袋を軽く振ってみせる。

布きれを繋いで作った袋には、米を入れて膨らませている。豆豆の遊び道具にと思って作ったものだ。

「それじゃ、行くわよ！」

えいやっ、と純花は布袋を投げた。

駆け出そうとする豆豆。しかし布袋は空《くう》を舞うことなく、ぽとりと純花の足元に落ちていた。

「…………」

「…………」

両者、沈黙である。

――代わりに投げましょうか。

そこに助け船が出された。明梅《ミンメイ》がそう書きつけた帳面を見せてきたのだ。

「そうしてちょうだい。でも、作りが良くなかったみたいだわ。うまく飛ばないと思うけど」

と純花が言う傍ら、明梅が軽く腕を振る。

布袋は空に半円を描くようにして、美しく飛んでいった。きゃんきゃん、と元気に鳴いて、豆豆が取りに走る。運動能力が極端に低い純花は、複雑そうな顔つきでそんな豆豆を見守る。

口に袋を咥《くわ》えて戻ってきた豆豆は、どこか誇らしげだ。

「偉いわね、豆豆」

褒めて褒めて、というように見上げてくる豆豆の頭を、しゃがみ込んだ純花は優しく撫でてやる。嬉しそうにすり寄ってくるのが愛らしい。

清叉軍の多くが出払っているので、豆豆邮局は閉局中だ。世話に慣れた依依や宇静の不在を察知したのか、豆豆は灼夏宮の庭に入り浸っていた。

「今頃、お姉様は温泉三昧で過ごしているのでしょうね……」

傍らの明梅は純花を慮《おもんぱか》るように目を伏せている。

賭けに敗北した不甲斐なさは拭えないものの、依依が楽しくしているのだと思えば純花の心も少しは晴れる。本当に少しだけ。

実際のところ、依依はまだ温泉宮に辿り着けず、得体の知れない黒布たちに襲われて洞窟に逃げ込んでいたわけだが、留守番中の純花はそんなことを知る由もない。

「あたしも温泉にお供したかったです、灼賢妃」

後ろから声をかけてきたのは、もうひとりの女官だ。

「あら。林杏《リンシン》も？」

「はい。紗温宮の温泉は美容効果が高いことで知られているんですよ。その湯に浸かれば、灼賢妃の髪も肌も、よりつやっつやになっていたに違いないのに！」

まったく異なる理由だったが、林杏は本気で悔しがっているようだ。

純花はそんな林杏に、試しに布袋を手渡してみる。

「もっと灼賢妃を磨き抜きたかったのにー！」

そんな怨念が込められているせいか、彼女が投げた布袋は軽々と塀を越えてしまった。

「あっ」

林杏が慌てた声を上げる間にも、喜んだ豆豆が駆けていく。そんな姿を見ていると心が和むが、楽しく遊びながらも純花は大きな不安を抱えていた。

（お姉様……温泉の居心地が良すぎて、もう戻りたくない、とか思ってたらどうしよう）

それに、とにかく食べるのが大好きな依依だ。温泉宮での食事の虜《とりこ》になっているかもしれない、と純花は不安になっていた。

ふんふん、と鼻息荒い豆豆が戻ってくる。

「豆豆。お姉様が戻りたくないって言い張るときは、わたくしの文を温泉宮まで持っていってね。必ずよ」

きゅるんとした黒目の子犬は答えない。そんなことより早く投げろ、とその目が言っている。

「そういえば林杏が戻ってこないわね。どうしたのかしら」

明梅がさささと筆を動かす。

――様子を見てまいりましょうか。

「その必要はないわ。……灼賢妃、樹貴妃の使いの女官から贈り物です」

戻ってきた林杏は、取っ手がついた籠《かご》を持っている。

「それは？」

「香蕉《シャンジャオ》です」

「まぁ、懐かしいわね」

純花は籠の中身を覗き込む。熱帯で育つという果実で、香国内ではほとんど南国でしか採れない。黄色い果皮に包まれた果実は柔らかく、驚くほど甘いのだ。

南国は灼家の領地が広がる土地なので、純花にとっても生まれ育った場所である。だからといって強い愛着はないが、桜霞《インシア》がわざわざ仕入れてきたのは、彼女なりの気遣いなのだろう。

それはいいのだが。

「……ねぇ林杏、明梅。わたくし、すっかり食いしん坊な妃だと思われてないかしら？」

胸に手を当てて問えば、林杏が眉根を寄せる。

「今さらだと思いますが……」

確かに、今さらである。桜霞は十中八九、純花のことを食べるの大好き娘だと誤解している。

誤解のきっかけは依依の振る舞いだ。四夫人揃っての茶会で、依依は用意された菓子や果実をもぐもぐぱくぱくと食べ続けたらしい。

その気持ちいいほどの平らげっぷりは印象深かったようで、あれから桜霞は豆菓子まで手ずから届けに来たくらいだ。

（あのときのお菓子は、お姉様にお渡ししたけれど）

今回はそういうわけにはいかない。

「明日の夜は、秋の月を見ながら一緒に月餅を食べましょうとか言ってたけれど……山盛り用意したりしてないわよね？」

明日は中秋節。後宮ではそこかしこでささやかな宴が開かれる。

依依は比類なき食いしん坊だが、純花の胃は平均よりも小さい。

夕餉を抜いたとして、せいぜい食べられるのはひとつだ。……いや、月餅は大きくて意外と腹に溜まる。たぶんひとつも難しい。

「覚悟は決めたほうがいいと思います」

ううと純花は呻《うめ》く。

もしもの話だが、純花が大量に月餅を残せば、桜霞は体調が悪いのかと案じることだろう。侍医を呼びましょうなんて言い出して、皇太后に相談しかねない。

（悪意がないだけに、余計対処に困るわね）

純花は今からでも胃袋を大きくする方法を考えようとする。

「灼賢妃。ここは、正直に打ち明けるのも手ではないでしょうか」

「どういうこと？」

「円淑妃と違って樹貴妃は心優しく、話が通じる方ですから」

前半の「円淑妃と違って」にだいぶ怨念がこもっているが、そこは聞き流すことにする純花だ。

「正直に話すっていっても……今日は食べられませんって言ったら、体調不良だと思われちゃうだけじゃない」

「うーん、そうですね」

林杏が顎に指先を当てる。

「実は断食中なんですよ、とか」

「付き合いますって返されそうだわ」

「日によって胃の数が違うとか？」

「ただの化け物じゃないの！」

まったく、ろくな意見が出てこない。

――そろそろ客人が見える時間かと。

目をつり上げていた純花は、明梅の帳面を見てはっとした。

「そうだったわ。支度しないとね」

連絡があったのは昨日のことだ。純花は別に会いたいわけではないが、皇太后の許可を得た正式な客人なので、拒否することもできなかった。

遊び足りないようで、咥えた布袋を振りたくる豆豆の頭を撫でてやってから、純花は応接間へと移動する。

庭遊びで少し乱れていた髪と化粧を整えて、純花は座して彼の訪れを待つ。

その人物は、時間通りに姿を現した。

拱手《きょうしゅ》するのは、灼雄《シャクシオン》――純花にとって又従兄弟にあたる男だ。

「お久しゅうございます、純花妃」

「わたくしになんの用かしら」

慇懃とした態度を取る雄に、純花は素っ気なく返す。

そもそも二人は灼家にいた頃から、仲良しこよしだったわけではない。純花にとって、雄は気心の知れた相手とは言いがたく、警戒するのは自然なことだ。

灼家当主の懐刀として名高い文官。南王の側近として活躍し、領民からの信頼も厚い。

雄について知っているのは、そんな知識にも満たないようなことだけだ。あとは文武両道の美男子ゆえ、周りの女子は彼を見かけるたび頬を染めていたことくらい。

灼家に生まれた純花は、自分に生まれつき父親と母親がいないのを、どうしてだろうと思いながら育った。

前当主が自分にとって祖父に当たるということは、乳母に聞いて知っていた。

だが祖父は純花に愛憎の念を向けた。猫の子のように可愛がって愛《め》でる日があれば、すべてお前が悪いのだと頬を叩いて詰《なじ》ることもあった。

向けられる強い感情の意味が分からず、泣き続ける純花は、少しずつ己と周囲のことを知っていった。

母・思悦が旅の一座の男と結ばれ、自分を産み落として死んだこと。

身体の弱い思悦の死は、純花を産んだせいだと決めつけられていること。

当主の意向を汲み、灼家の人間は誰もが純花を無視した。侍女は純花を馬鹿にして嘲笑った。事故を装って水をかけられたり、馬糞を溜めた穴に落とされたこともある。

助けてくれたのは乳母や林杏、明梅だけだ。だが彼女たちも、いつでも純花を庇えるわけではなかった。

純花は顔も知らない両親を恨んだりはしなかった。二人の何がいけなかったのか、罪に当たるのかが分からなかったからだ。

ただ、自分だけが虐《しいた》げられることを理不尽だと思った。悲しいと思った。

それでも、どうしようもなかった。幼い純花にとって、見上げるほどの背をした大人たちに抗《あらが》う術《すべ》はなかったのだ。

純花は他人を恐れ、心を閉ざすようになった。周囲について積極的に知ろうとしなかったのはそのためだ。

灼家にいたときもそうだし、入宮してからも同じ。

(今思えば、それは失敗だったのよね)

知識は必ず身を守る助けとなる。それを純花は理解していなかった。

後宮内での力関係。親と親の関係。誰が誰のことを好きで、嫌いか。好みの色や図柄。時間をかけ、人と関わっていけば、自ずと見えてくる数々の情報。

純花は未だに、誰についても詳しくない。

だが後宮で生きていくならば——否、どこで生きていくにしたって、このままではいけないのだと思う。そうしなければ、純花は他人から搾取されるだけで終わる。

生きる気力を取り戻した今の純花は、そんなのはご免だと思う。

(きっと、お姉様の助けにもなる)

師であった若晴という老女から、依依は若晴帖《ルオチンちょう》なる帳面を授かったそうだ。思悦の乳母であり、護衛でもあった若晴は、政治情勢にも詳しかったのだろうが、長らく都を離れていた彼女の情報は先帝在位の頃のものに限られている。

噂に敏感な妃嬪から、大きく後れを取っているのは否めない。それでも今からでも、遅いということはないだろう。

そんなささやかな目標が純花の中で息づいているなんて、雄は知らない。依依にも話していないことだから、当然ではあったが。

「後宮での暮らしには慣れましたか？」

「……あなた、市のときも同じような質問をしてきたわよ」

馬鹿の一つ覚えのようだ、と思う。口には出さない。

さらりと頬にかかる髪に触れ、純花は温度のない声音で続ける。

「温泉宮についていけなかったから、そこは不満ね。他は、特に問題ないわ」

「それは何よりです」

雄が真顔で頷く。

純花は、眉根を寄せて彼を見やった。

雄にいじめられたことはない。助けられたこともない。広い家の中、ほとんど関わらず過ごしてきた又従兄弟の胸の内が、純花には分からない。

彼の意図はなんだろうか。何度もご機嫌伺いのために顔を見せるほど、暇な人間ではないはずだ。だが純花から、何かを聞き出したいというような感じもしない。首を捻りつつ、純花は雄の表情や仕草をじっくりと観察する。

(もしかして……)

集中していると、思いついたことがあった。

野生の勘というのだろうか。依依はよく、誰も気がついていないようなことをあっさりと指摘する。姉ほど研ぎ澄まされていないそれを、そのときの純花は信じてみることにした。

「──灼雄。あなた、ここにいる場合じゃないんじゃない？」

ぴくっと、雄の形のいい眉が動いた。

「分かるのか？」

昔、一度だけ話したときのように、その口調が砕けたものになる。

純花は敢えて指摘しなかった。

「だって、焦ったような顔をしているもの。心ここにあらずって言うのかしらね」

雄には何か、重要な心配事がある。そしてその答えは後宮内にはない。

だが、彼としてはなんらかの事情で、灼夏宮に足を運ぶ必要があった。純花に分かるのはそこまでだ。

「……そうだな。お前の無事をこの目で確認したかった。これは俺の弱さだ」

ふぅん、と純花は小首を傾げる。

何やら思わせぶりな物言いだが、雄が何を言いたいのかは、よく分からない。問うたところで、この男は正直に教えたりはしないだろう。

だが雄も、今日は少し気が抜けていたらしい。

「まぁ、そもそも兵を連れて霊山に向かう許可が、皇太后陛下からまだ下りないんだが。清叉将軍や楊依依がついているから、大丈夫だとは思うが……」

「えっ」

そんな呟きが耳を掠め、純花はぎょっとした。

「そ、それっておね……皇帝陛下に、何かあるということ？」

雄の口から依依の名前が出たことに、純花は動揺せずにいられなかった。

（温泉宮で、何かが起きているの？）

楽しいだけの温泉旅行だろうと思っていたのに、また、何かの陰謀が動いているのか。しかもそれには、目の前にいる雄が関わっているのか。

純花は立ち上がると、雄の袖をぐいと摑んだ。

驚いたように、彼が目を見開く。純度が高い宝石のように美しい赤の瞳を、純花は上目遣いで睨みつける。

「しゃ、灼賢妃……」

後ろで林杏と明梅が慌てているが、純花は譲らない。姉が関わることだけは、一歩も譲らないと決めているのだ。

「どういうことなの、雄。詳しく教えてちょうだい」

雄はすっかり戸惑っている。そんなに強く純花が反応するとは、思ってもみなかったらしい。

「……話せない。お前に害が及んでも困る」

「いいから教えて！」

純花は声を荒らげる。

「わたくしは賢妃よ、今じゃね、あなたよりずっと偉くなったんだから！」

必死に言い募り、純花は小さな童《わらべ》のように雄を揺さぶるのだが、そこらの武人より屈強な文官はびくともしない。

（もう、忌々《いまいま》しい人！）

しかも何を勘違いしたのか、そこで雄は信じられない呟きを漏らした。

「……やっぱり、皇帝陛下に惚れてるんだな」

「はぁっ？　違うわよ！」

それだけは絶対に違う、と純花は怒った顔で否定する。

どうやら内情を話すつもりはないらしい。舌打ちした純花は、雄の身体を突き飛ばした。

ふらつくどころか、びくともしない雄から顔を背けて、純花は苛立たしげに言い放つ。

「もう、いいからさっさと温泉宮に行ってちょうだい。よく分からないけれど、あなたが行けば解決する問題なんでしょう？」

そうでなければ、こんなところで油を売ったりはしないだろう。

発破をかければ、雄は我に返ったような顔をする。

「……すまない。またな」

応接間を出て行く後ろ姿を、純花は見送った。

そこで緊張の糸がふつりと途切れた。

倒れそうになる純花を、両脇から女官二人が受け止める。

「だ、大丈夫ですか灼賢妃」

「平気よ。ちょっと、疲れただけ」

二人の手が離れてから、純花は独りごちる。

「……ほんと、なんなのかしらね。あの人」

詳しいことは何も教えてくれず、純花が気を揉むような発言だけを残していった。

とんでもない男だ、と純花は頭《かぶり》を振る。これが遠回しないやがらせなら、大したものだ。

ふと思いついて、純花は提案する。

「林杏、明梅。さっきの香蕉、三人で食べましょうか」

まだ日は高い時刻。夕餉までに、香蕉を食べて話をするのだ。

そんなことをしても、気持ちは落ち着かないと分かっている。だが純花が心配のあまり寝込むより、甘い果実を食べているほうが、依依はよっぽど喜んでくれる気がする。

言葉にしない思いを汲んでくれたのか、林杏は精いっぱい微笑んでくれた。

「かしこまりました。掻き混ぜて、飲み物にしましょう」

——安息香も焚きましょう。気を落ち着かせる香りです。

「そうね、お願い」

すぐに林杏と明梅が準備に取り掛かる。

応接間から庭を眺めた純花は、そっと両手を組んだ。

脳裏には依依の笑顔が浮かぶ。武人として優れているという雄よりずっと、純花は依依のことを信頼している。

きっと依依なら、どんな苦難でも乗り越えて、また純花に笑いかけてくれる。そう思うことで、純花は張り裂けそうな胸の痛みをなんとか堪《こら》える。

「お姉様……どうかご無事で」

中秋節は、家族の幸福や安寧を祝うものだ。

一年で最も美しいとされる月を見上げて、純花は姉の無事を祈ることに決めた。

第五章　導きの夜《や》明《めい》珠《しゅ》

妹に無事を祈られている依依《イーイー》はといえば、来た道を勢いよく引き返していた。

「皇帝陛下！　円淑妃ー！」

叫べば、休憩中だった二人も早足でやって来る。飛傑《フェイジェ》は手にもうひとつの松明を持っている。

「どうした、そんなに慌てて。それに宇静《ユージン》は……」

「逃げましょう！」

礼を失した行為ではあるが、依依は飛傑の言葉を遮って叫んだ。

二人が揃って啞然とする。依依の尋常でない慌てぶりに困惑しているようだ。

「逃げるって、何からよ？」

「それはもちろん――」

そのとき、後方で大きく影が揺らめく。

剣が何かを弾く音に、深玉《シェンユ》が身体を震わせた。

「ど、どういうこと？　清叉将軍、追っ手と戦っているの⁉」

いよいよ見つかったのか、と深玉の顔が真っ青になる。

だがそうではない。むしろ、状況はもっと悪いといえるだろう。

「違います。あれはおそらく——鵺《ぬえ》です」

「……鵺ぇ？」

深玉がぽかんとする。その横で、飛傑は柳眉を寄せつつも冷静に確認してきた。

「鵺とは、猿の頭に、虎の身体に、蛇の尾を持つという生き物……のことか？」

「そ、そうです。たぶんそれです」

道の先に少しずつ見えてきた、闇に閃くそれの姿を、飛傑が松明で照らす。

図体はまさに、虎ほどもある。

大きな尾がぶんぶんっ、と揺れる。猿の顔を持つ生き物はなんとも恐ろしげだ。

極めつけは、ひょーひょー、という不気味な鳴き声。その異様な姿を目の当たりにした飛傑は息を呑み、深玉は身を竦めた。

（まさかこんなところで、鵺と遭遇するなんて！）

若晴から寝物語に聞かされ、その存在を漠然と知ってはいたものの、依依も実際に目にしたのは初めてである。

香国では、鵺に襲われた皇帝を命を賭して守り抜き、それを打ち倒してみせた武官が大将軍に昇進した——なんて話も伝わっている。

（でも真に有名なのは、そのあとの話よね）

男は、鵺と戦ったときの傷が原因で三日後に身罷ったのだ。鵺の爪や牙は、彼をじわじわと死へと追いやったのである。

そのとき、鵺が鋭い眼光でこちらを見たような気がして、依依はごくりと唾を呑み込む。

「ばっ、ばけものぅ……」

そしてめまいを起こしたのか、深玉の身体がふらりと傾《かし》いだ。

「淑妃！　気をしっかり！　気持ちは分かりますがしっかり！」

深玉が倒れ込んでしまう。軽く頰を張るが、どうやら失神したようだ。

ぐったりと重くなった彼女の身体を、依依は慌てておぶった。

「へ、陛下。とにかく逃げましょう！」

来た道を引き返す形にはなるが、命あっての物種である。

本当は依依も、宇静に助太刀したい。ぜひ鵺と戦ってみたい。

だが、空腹すぎて戦うだけの力が湧いてこないのだ。それに悔しいことではあるが、宇静の剣術は依依よりも優れている。未知の敵と戦うに際して、動きの鈍い依依が傍にいては邪魔になる。

（でも、将軍様だって長くは持たないわ……！）

宇静は右手に握った剣と、左手に持った松明とを柔軟に使っている。爪と牙、尾を駆使して襲いかかってくる鵺と距離を取り、いなすようにして時間を稼いでいるのだ。

だが夜目が利くらしい鵺の動きが冴え渡っているのに対して、松明頼りの宇静はどうしても数瞬

遅れる。奇跡的に攻撃を掻い潜ってはいるが、奇跡はそう長く続かない。

そういえば桂才《グィッツァイ》は、人とは相容れぬ存在がなんたらかんたらと言っていた。彼女はあの時点で、人ならざる鵺の気配を鋭敏に感じ取っていたのかもしれない。

(だとしたら、もっと話を聞いておけば良かった!)

そうすれば鵺の弱点のひとつでも分かったのかもしれない。

後悔先に立たずである。ともかく今は、宇静が鵺の注意を引きつけてくれている間に、飛傑たちを安全なところまで誘導しなければ――。

「……ッく!」

そう考えている間にも、宇静が左手に掲げていた松明が、変幻自在に動く尾によって払われる。

洞窟の壁に激突した松明が砕けて、呆気《あっけ》なく炎は消えてしまった。

「将軍様!」

「俺は平気だ。依依、二人を連れて早く逃げろ!」

宇静は尾を伸ばしきった鵺に、敢えて果敢に飛び掛かって距離を詰める。

肉迫した彼が繰り出した一撃は、しかし鵺が素早く後退して空振りとなる。

強靱な爪が、隙のできた宇静の喉元へと迫る。

絶体絶命の瞬間だった。

「宇静! これを使え!」

飛傑が振りかぶって投げたのは、火のついた松明である。

洞窟の天井に当たらぬよう、低い軌道で投げられたそれを、宇静は爪を避《よ》けながら跳躍して左手で受け取る。

「投げろ！」

「……！」

依依には分からない短い指示の意味を、宇静は寸分違《たが》わず捉えたらしい。

彼が取ったばかりの松明を、あらぬ方向へと投げつける。依依たちが来た道でも、進む予定の道でもない行き止まりへと。

すると鵺は宇静に目もくれず、松明めがけて脱兎の如く駆け出した。

のしのしとした、大きな足音が遠ざかっていく。まるで、何かの奇術を見せられたかのようだった。

呆然とする依依に、飛傑が悪戯っぽく囁きを落とす。

「鵺は、どうやら炎に反応しているようだったからな」

なんともはや、冷静な皇帝陛下である。彼はあの状況で冷静に鵺の動きを確認し、炎に引きつけられていると見破ってみせたのだ。

（土壇場に強いというか、胆力があるっていうか……）

まったく、とんでもない兄弟だ。

感心させられる依依の背中で、深玉が目を覚ます。

「あたくし、わ、悪い夢を見ていたのかしら……」

「よくぞお目覚めで、淑妃」

依依は感涙に咽《むせ》びそうだった。ひとりの人間を背負って進むのは、なかなか骨が折れるのだ。

四人は合流する。依依は闇の中にぼんやりと見える宇静を見つめた。

「将軍様、お怪我はありませんか⁉」

「平気だ」

さらりと言う宇静だが、疑わしい。彼はひとりで鴆と戦っていたのである。

あの鋭い爪が少しでも掠っていれば、人間なんて一溜まりもない。それこそ依依は、鴆との戦いで命を落とした大将軍を思い出していた。

(やせ我慢かもしれないわ！)

「本当に怪我してませんよねっ？」

依依は手当たり次第、目の前の宇静をぺたぺた触る。血の感触、あるいは宇静の反応があれば、すぐに傷の有無が分かると思ったのだ。

「おい、やめろ。どこを触って……」

「たぶん太ももの裏あたりです。ここも大丈夫みたいですね」

あまりに依依が真剣な調子で答えるからか、宇静は毒気を抜かれたようだった。

「……だから、平気だと言っているだろう。そう心配しなくていい」

「なら、いいですけど」

どうやら強がりではないようだ。依依はほっとして、手を離して立ち上がる。

「それと依依。鵺が来た道から、わずかだが風の音が聞き取れた」

「本当ですか！」

告げられたのは朗報だった。飛傑がそれに続いて言う。

「あれが戻ってくるかもしれない。今のうちに進もう」

飛傑の考えには、依依も同意である。だが大きな問題があった。

「でも松明を失いました。これではまともに進めません」

こうしている今も、向き合う彼らの姿がまったく見えないくらいなのに――。

「……依依。先ほどから腰が発光している」

そこで、宇静から思いがけない指摘を受けた。

「え？　私の腰が？」

(今まで一度も光ったことないのに)

もしかしたら危機に瀕したことで、何かしらの能力が開花したのだろうか。

どきどきしながら視線を下げていくと、本当にぴかぴか光っていたので依依はびっくりした。

見てみると、発光しているのは依依ではなく帯飾り……それも宮城を出発したその日、瑞姫《ルイヂエン》が贈ってくれたきれいな石の部分だ。

手に取ったそれを不思議そうに眺めていると、隣に立つ飛傑がふむと顎に手を当てる。この洞窟内でも密かに処理しているのか、彼も宇静も髭《ひげ》が伸びていない。衛生面としても正解である。

「それは――夜明珠だな」

「夜明珠？」

「真の暗闇の中でのみ、強く光を放つという……香国では、皇族しか所有できない貴石だ。希少な石だから公に取引されることはほとんどない」

つまり今までは松明の炎があったので、依依を含む誰も夜明珠に気がつかなかったのだ。

そこで全員が、依依の顔をまじまじと見やる。

「あなた、まさか……宝物殿から盗んだとか？」

代表するように深玉に問われ、依依はぶんぶんと首を横に振った。

「違いますよ。一昨日、瑞姫様からいただいたんです」

そんなとんでもない宝物だと気づいていたなら、その場で返していただろう。

(瑞姫様、そんなに高くないとか言ってたのに！)

高価どころではなく、ものすごく珍しい代物だったらしい。

「なぁんだ」と安堵されるかと思いきや、それを聞いた三人はますます険しい顔になっていた。夜明珠のおかげで表情がよく見える。

「……いや、本当ですからね。嘘じゃないですからね。温泉宮に着けば、瑞姫様も証言してくれますから！」

依依は必死に言い募った。ただでさえ灼家の件で疑われているというのに、追加で泥棒扱いされるなんて勘弁である。

そこで飛傑が緩く首を振る。

「別に、そなたが嘘を吐いていると疑っているわけではない。……先ほど、皇族であれば夜明珠を所有できると言ったろう」

「は、はい」

「所有できるのは、ひとりにつき二つまで、ということになっている。そして譲渡できる相手は側室を除く伴侶に限られる」

何やらおかしな発言があったような気がして、依依は首を捻る。

「……側室を除く伴侶」

(側室を除く、伴侶)

口の中で唱え、心の中で繰り返してみるが、言葉の意味が変わることはない。

道理で、仙翠《シエンツィ》が変な顔をしていたわけだ、と今さらながら依依は思った。

「あなたやっぱり……」

飛傑の前だからか深玉は口を噤《つぐ》んだが、どう考えても「皇妹殿下といい仲だったのねぇ……」と続けたかったのだろう。完全なる誤解だが、今は言い張れば言い張るほど、ど壺にはまる気がする依依である。

「まぁ、厳密に定められているというわけではない。ひっそりと決まりを破っている皇族もいるだろうしな」

珍しく、飛傑は取り成すようなことを言う。

依依は丁寧に頭を下げた。

「聞かなかったことにさせてください」

その申し出を、誰も断ることはなかった。運命共同体としての憐憫《れんびん》によるものかもしれない。

退路を塞がれている感じというか、袋の鼠というか……とにかく明らかになったのは、どうやら瑞姫が皇太后の企みについて承知しているらしいということだ。

だが本気で、依依と婚姻を結ぼうとしているわけではないだろう。彼女は依依が女だと知っている。

(それはとにかく)

今大事なのは、瑞姫が夜明珠という珍しい石を依依に贈ってくれたことと、その夜明珠の光が、暗闇を明るく照らしてくれるということだ。

(ありがとう、瑞姫様!)

心の中で手を合わせて拝む。

衝撃的だったいろんなことは忘れ、依依は瑞姫に感謝していた。まさかこのような事態に陥ると想定していたわけではないだろうが、彼女のおかげで暗闇問題が解決したのだ。

「では夜明珠の光を頼りに、進みましょう。きっと、あともう少しですから」

再び依依が先頭に立つ。

宇静の言う通り、風の動きを鼻先に感じながら依依は歩き出した。その腰が光り輝いているので、後続も迷わずについてくる。

（私はいつも、妹たちに助けられてばかりね）

瑞姫を侵す毒を取り除くのに役立ったのは、純花《チュンファ》がくれた簪だった。

今回は、瑞姫からの贈り物が危機を救ってくれたのだ。

風の流れが生じているということは、近くに洞口《ほらぐち》がある。洞窟の出入り口が近づいている、ということである。

依依は耳と鼻を休みなく使って、風の通り道を探っていく。

気が逸ることも、無駄な焦りもなかった。依依の集中力はここに来て極限まで研ぎ澄まされていた。

目を閉じていても、地形が把握できる。どこに壁があり、どこの地面が盛り上がっているのか、目蓋の裏に寸分狂わず展開されている。

（暗闇に慣れたおかげかしら）

地上では、このような感覚に目覚めたことはない。そして殻を破ったような鋭敏な神経は、護衛中だとか空腹のまっただ中だとか迷いが晴れた直後だとか、様々な要因が重なったことによる、今だけの限定的なものだという自覚もあった。

ちょっぴり残念に思ったりもするが、足は止まらなかった。一生を暗闇で過ごすなど、依依としてはまっぴらごめんだからだ。

今だけの奇跡を使って脱出できるなら、それで万々歳である。

「それにしても追っ手どころか、鵺に会っちゃうなんて」

独り言のつもりだったが、その声は他の三人にも届いていたようだ。

「この洞窟内で見つけた骨の持ち主たちは、ここに立ち入ったことで鵺に襲われたのかもしれないな。あの鵺は、おおかた霊山を守護する番人なのだろう」

ぺらぺらと喋る飛傑を、依依と宇静は前方と後方から挟むようにして睨みつける。

「だとしたら、霊山を所有する陛下を襲うのは不敬に過ぎます」

「そもそもこの山、黄竜が住んでいるんじゃなかったんですか？」

それぞれの反論に、深玉が小声で付け足す。

「……というか、やっぱり夢だったのではぁ？」

三者三様の反応がおもしろかったのか、噴き出すように飛傑が笑う。

どこか気の抜けた、皇帝らしからぬ——柔らかな笑顔だった。

「まぁ、真相は分からないが」

鵺と遭遇したことで、状況は悪化した。それでもどこか四人を取り巻く空気が和やかになったのは、協力して危機を切り抜けたからかもしれない。

（にしてもこの洞窟、本当に巨大ね）

依依は再び前方を見やる。

今の依依の超常的な感覚をもってしても、全貌が見えてこない。

おそらく内部でいくつかの洞窟が繋がっていたのだろう。そのせいで天然の迷路になっているのだ。

角を曲がったところで、ひゅうう、と一際強い風が吹く。

だからもう、依依は迷わない。自信を持って、出口への一歩を踏み出すことができる。

くねる道を曲がれば、遠くにぼんやりと白い光が見える。依依は走りたくなるのをどうにか堪えた。先を争うように駆け出せば、誰かが怪我を負うかもしれない。

平静さを失わずに、足を進める。全員が今や依依の腰ではなく、同じ光を見つめているのを感じながら、依依は丸い光の中に躊躇わずに飛び込んでいった。

（まぶしい！）

咄嗟に、手で庇《ひさし》を作る。

閉じた目蓋の裏が、かっと白く光っている。その刺激が少しずつ去っていけば、顔を照らすのは、明るい日の光だった。

依依はゆっくりと目を開ける。

目の前に広がるのは雄大な自然だった。緑や赤色をした木々が、延々と連なっている。

頭上で枝葉が擦れる音。小鳥が鳴く声。それらすべてに、依依は湧き上がるような愛おしさを感じていた。

「で……っ出られたぁー！」

依依と深玉は、ほとんど同時に快哉を叫んでいた。

四人にとって、一日ぶりの地上であった。


これで目の前に温泉宮が待ち構えていたりしたら、何も言うことはなかったのだが、残念ながら万事がうまくいくはずはない。

洞窟を抜けた先に待っていたのは、連なる山々――そのひとつの山の、中腹であるようだった。

ただ、それがどのあたりなのかは分からない。そこで依依はまず提案した。

「私、木に登って周辺の景色を見てきます！」

目的は、温泉宮のあるだいたいの方角を掴むことだ。立派な離宮だというから、屋根か飾りのひとっでも見えてくれればありがたい。

それに深玉には疲労が色濃く見える。依依が木登りする間は休めるし、進むべき方角が分かればまた歩く気力も湧いてくるだろう。

「それは助かるが、くれぐれも気をつけろ」

「木登りは得意です。お任せください！」

そう返せば、飛傑が「そうだったな」と微笑む。

春の出来事だ。桜を見ていた飛傑の前に、依依は勢いよく降ってきたことがあった。彼もそのときのことを思い出したのだろう。

「だが、それだけではない。枝葉から水滴が降ってきそうだ」

飛傑の言う通りだった。

昨夜にでも雨が降ったのか。空気が湿っているだけでなく、ところどころ地面がぬかるんでいる。木登りすればびしょ濡れになるだろうし、高所で手が滑れば命取りになりかねない。

「じゅうぶん気をつけます」

無理はしない、と依依は真面目な顔で伝えた。

さっそく周辺を見回して、一帯で最も高い木に当たりをつける。舌なめずりをしたのは、それが辺境の山々に生えていた木に比べてもずっと立派な巨木だったからだ。

おおよそ、七十尺といったところだろうか。依依十三人分くらいの高さだ。

（相手にとって不足なしよ！）

「あ、あんなに高い木に登るの？　もし落ちたら……」

「淑妃、ご心配なく」

伊達《だて》に故郷で小猿などと呼ばれていない。

青い顔をした深玉に笑顔を返した依依は、低い枝に手をかける。

そこからは身軽に駆け上がっていく。ひょいひょいひょい、と見る間に手の届かない位置に到達してしまう依依に、深玉はかなり驚いたようだ。「まぁ……」と見上げたままの姿勢で、口を半開きにして固まっている。

木登りにはこつがある。いわゆる三点支持だ。

両手両足のうち、必ず三肢で体重を支える。自由に動かすのを一肢に絞ると身体が安定するので、滅多なことでは落下しない。この方法は岩壁を登るにも有効である。

ただ依依の動きは玄人のそれなので、彼女の手足がどう動いているのか、地上から正確に目で追うのは難しかっただろう。

木から離れたところに立つ三人分の視線を浴びながら、いよいよてっぺん付近まで登った依依は、そこで一息吐いた。

（うー、やっぱり濡れた）

枝を揺らすたび、頭上からぱらぱらぱらと水滴が降ってきたので、帽子も服もかなり濡れてしまった。

裾には泥が飛んでいる。

依依はぶるぶると、犬のように頭を振る。

そうして太い枝の上で立ち上がると、手庇を作り、地上より多少は開けた景色を見回した。

「ええっと……」

山頂から見れば、もっと雄大で美しい光景が見られたのだろう。依依はがっかり感は胸に秘めて首を巡らせ、目を凝らす。

幸い霧もあまり出ていないおかげで、間もなく目当てのものを発見した。

ついでに黒布、あるいは清叉軍の姿がどこかにないかと探してみるが、そちらは見つけられなかった。こちらは単なるおまけだが。

本命のほうは達成できたので、依依は再び枝を伝い、素早く高木から下りていく。木登りしている姿が敵に発見されたら、間抜けすぎて目も当てられないからだ。

地上まで残り十五尺のところで、依依は枝から飛び降りた。

「温泉宮が見えました、ここから西北西の方角です」

山中には温泉宮以外に大きな建造物がない。山裾にあるという偉容を目にしたことがない依依ではあるが、まず間違いはないだろうと思われた。

全員がほっと息を吐く。目的地の場所が知れれば、五里霧中の感覚からは解放される。

「距離は目測ですが、おおよそ五里ほどだと思います。地図……はいらないですよね」

宇静が「ああ」と頷く。地面に地図を描いても、山、山、木、山、みたいな内容になるのは目に見えている。

「五里なら、思っていた以上に近いな」

飛傑の声色はわずかに明るい。深玉には「あと少し」と「まだ遠い」の感情が半々ずつ見えたが、すぐに隠したあたりはさすがといえた。

一里は成人男性の約三百歩分に相当する。千五百歩、とすればそう遠くはない。歩幅が狭い依依や深玉なら、もう少し上乗せされるし、山の中ではまっすぐ歩くことはできないが。

あの洞窟は、しっかりと温泉宮の方角に進む形に広がっていたのだろう。依依たちとしては大助かりだ。

そこで依依はぐしゅん、とくしゃみをする。すこぶる水滴に降られて、身体が冷えてしまったようだ。

「これで拭け。風邪を引くぞ」

「あ、ありがとうございます」

宇静が放り投げてきた布巾で、依依は帽子と髪、手足を拭う。

その様子をじっと見ていた深玉が、小首を傾げた。

「帽子、取ったほうがいいんじゃないの。それじゃ拭きにくいでしょうに」

（えっ）

　深玉は親切心から指摘したのだろうが、依依はぎくっとしてしまう。

　赤目だけなら誤魔化せても、赤髪まで見られたらそういうわけにはいかない。宇静と飛傑は依依の事情に精通しているが、深玉は違うのだ。なぜ灼家の人間が正体を隠して皇帝の傍にいるのかと、訝しむことだろう。

「だ、大丈夫です。お気に入りの帽子なので」

「はぁ？」

「何言ってるのこの武官」という目が痛い。

　焦りをにじませた依依は、そこで名案を思いつく。

「そ、そうだっ。服を乾かすついでといったらなんですが、いったんお茶でも飲みませんか」

「……そんな余裕はないんじゃないの？」

　そう提案するが、深玉は渋る。

「もしかしたらすぐ近くに、あの不届き者たちが潜んでいるかもしれないし。今はとにかく歩いて、山を下りたほうがいいんじゃないかしらぁ……」

　尤《もっと》もな意見ではある。

（おそらく、黒布は今も皇帝陛下を追ってるはず）

　依然として状況は不利だ。深玉のように気が急いてしまうのも無理はない。しかし地上に出られたということは、同じだけ味方と合流できる可能性が高まったことを意味している。

（みんなだって動いてるはずだし）

先に温泉宮に到着したであろう面々は態勢を立て直し、今このときも飛傑を発見するためにあちこちを捜し回っていると考えられる。

彼らと黒布とで大きく異なるのは、補給の有無だ。清叉軍の陣地となる温泉宮には大量の食材があり、水場が確保されている。この違いは非常に大きい。

戦では当然ながら、補給があるとないとでは部隊の動き方が変わる。

あの男たちが何日間、山に籠もっていたのかは分からないが、潤沢な食料を隠し持っているとは考えにくい。そういった事情は安っぽい装備からも窺える。

だから現状は、深玉が考えているほど悪いことばかりではない。

——それに時刻は真っ昼間。

太陽は高い位置に昇っている。気温も上がりつつあるようだ。今は焦って移動するより、心身の疲れを拭う場を設けるべきだろう。

（皇帝陛下も将軍様も、同じことを考えてるみたいだから）

温泉宮が五里先と分かっても、すぐに出発しようと言い出さなかった。今日は大事を取って、明日になったら移動するつもりなのだ。

「だからこそ、です。皇帝陛下も円淑妃も疲れています。休めるときにきちんと休まないと、身体が持ちません」

けれど、依依の説明は簡易的なものだ。というのも理由がある。

本人の自覚は薄いのだろうが、深玉は少しふらついている。慣れない生活と緊張の連続で、しかも気絶までした彼女には疲労の色が濃い。理論立てて説明したところで、頭の中で整理はつかないはずだ。

飛傑たちが出発を取り止めたのも、彼女を気遣ってのことだろう。

（それなら休みがてら、改めて理由を説明したほうがいいわ）

「……分かったわ」

納得したわけではないだろうが、深玉はあっさり引き下がった。飛傑のいる前で、自分の意見を強く主張するつもりはなかったのか。もしくは「皇帝陛下も疲れている」という依依の言葉に心が動いたのかもしれない。

「俺は少し周りを見てくる」

宇静は返事を待たずその場を離れていった。鵺と戦ったあとだというのに、彼の表情にも足取りにも疲労は感じられなかった。

「では、支度をしますね。お二方は座って待っていてください」

働かざる者食うべからずというが、山中で皇帝と四夫人にさせるべき仕事はない。依依は積極的に動き出した。

てきぱきと石を積み上げ、竃を作っていく。

火種には靴の中の塵《ちり》を使う。日に当たって乾いていた枝に火が燃え広がったところで、次に取り出したのは鍋である。

実は最初から依依の手持ちにあった――わけではなく、洞窟の出入り口付近に埋められていたのを掘り返したのだ。

(たぶん密猟者が置いていったのね)

洞窟を見つけて、ここで同じように焚き火をしたのか。あるいは荷物を置いて洞窟内を探索している最中、鵺に襲われて取りに戻れなくなったのか……。

最終的にその人物がどうなったかは分からないが、ひとつだけはっきり言えるのは、そのおかげで依依たちはお茶が飲めるし、料理もできるだろうということだ。

近くには川が流れている。洞窟の湧き水よりも腹を下す可能性が高まるので、これを煮沸するのに鍋は必須だ。土で汚れた鍋を洗うにも、川の水は役立った。

(やっぱり心理的に、洞窟があるのも大きいわ)

依依はわざと洞窟を背にして、準備を進めていた。

というのも少し前の依依たちにとって、洞窟は終わりのない牢獄だった。

が、今は違う。内部について大まかでも把握できているので、黒布に遭遇したとして有効に使える逃げ道に生まれ変わったのだ。

そんなことを、どう分かりやすく深玉に説明したものだろうと考えながら、依依は準備を続ける。

飛傑と深玉はせっせと働く依依を見守っている。二人ともしばらくの洞窟生活で髪が乱れているし、衣装が汚れている。もちろん、あくせく働いた依依はもっと汚れている。

ことことお湯が沸いてきたところで、依依は煮立った鍋に茶葉を入れる。その音に安心を覚えたのか、深玉は少し眠そうだ。

煮立てすぎると茶が苦くなってしまう。湯の色が濃いめの黄赤色に染まったところで、依依は手巾を使って鍋を地面に下ろした。

少し冷めるのを待ってから、分厚い葉で折った笹舟にお茶を入れる。皿代わりだ。

まずは飛傑、次に深玉へと手渡した。

「どうぞ。粗茶ですが」

粗食に続いての粗茶だが、洞窟内では水すら満足に飲めなかったのだ。

一口含んだ深玉が、ほぅ、と温かそうな吐息を漏らす。つり目がちの彼女の目元が和らいでいるのが見て取れた。

「……これ、すごくおいしいわぁ。なんの茶葉を使っているの？」

「雑草茶です」

深玉が口の中身を噴きかけた。

すんでの所で堪えたのは妃としての矜持だろう。ごほごほと咳き込みながら、涙目で依依を睨んでくる。

「しっ、信じられない……なんてものを飲ませるのよ！」

「おいしい雑草を集めてきたので、大丈夫ですよ」

「そういう問題じゃないわよぉっ！」

深玉は怒るくらいの元気を取り戻したようだ。怒鳴られながらも依依は安堵した。

その横で、飛傑は気にせず飲み干している。このあたり彼は豪胆である。

「分かりました。次は薬草茶を淹れますね」

依依は清叉寮や灼夏宮の庭に種を持ち込み、薬草を育てている。その一部は乾燥させ、今回の旅に持参していた。

主に傷薬と胃薬の材料になる薬草だ。今のところ怪我人や腹を下した人は出ていないので、お茶に回すくらいの量はある。いざとなったら山中で確保もできるだろう。

三人で薬草茶を啜《すす》って待っていると、ひとりその場を離れていた宇静が戻ってきた。

布包みを背負っている。出発するときは彼の背は膨らんでいなかったが。

宇静は期待の目を一身に浴びながら、布包みを開いてみせた。

依依は目を見開く。

布の中身は、なんと――山盛りの茸と果実だったのだ！

「しっ、しかもこっちの二つ、霊芝《れいし》じゃないですか!?」

依依は声を弾ませ、巨大な茸を指さした。

霊芝は仙薬とも呼ばれる、非常に珍しく高価な薬用茸である。切り株などに自生するが、枯れやすいため入手がかなり困難なのだ。

「しかも赤じゃなくて黒霊芝ですし！」

様々な種類の霊芝があるが、黒は最も珍重だとされる。

「目敏《めざと》いな」

宇静は感心したように呟いてから、その場に膝をつく。

彼が霊芝を捧げ持つ相手は無論、飛傑である。

「皇帝陛下に献上いたします」

香国では『霊芝見つければ皇帝に捧げよ』と言われている。

先の皇帝には、霊芝を見つけてきた平民を近侍に仕立てた――という逸話も残っている。皇帝でなくても権力者に渡せば、金銀財宝に匹敵する恩恵が得られるのだ。

「そんなぁっ」

が、そこに依依は切り込んでいった。

「将軍様、お願いです。僕にも霊芝を分けてください！」

献上の場に割り込むという恐れ知らずの行動に、深玉はぽかんとしている。

しかし飛傑はおもしろがるように目を細めている。宇静はといえば右に左にと依依に揺さぶられ、憮然とした面持ちを見せていた。

「……だめだ」

「なんですかっ、意地悪！　ろくでなし！　血も涙もない将軍様！」

「……っお前」

罵倒を浴びた宇静から耐えかねたように指さされても、依依は怯まない。

「本当に本当にだめですか？　かけらだけでも？」

「だから――、」

「こんなにお願いしているのに？」

些《いささ》かわざとらしい涙目だったが、宇静の袖に縋りつき、依依は首を傾げる。

分かりやすく、宇静の瞳が泳ぐ。

（ふふふ。効いているみたいね、良心の呵責《かしゃく》に訴えかけるぞ作戦が！）

子どものように駄々をこねるのには理由がある。宇静の同情心を煽り、譲歩を引き出すのが依依の目的だ。

烏犀角に次いで、霊芝という世にも珍しい薬用茸を目にすることができたのだ。扱わずに引き下がったりすれば、薬作りの師でもある若晴《ルオチン》に呆れられてしまう。

（これを逃したら、次はないわ。羞恥心を堪えて畳みかけるのよ）

実際のところ、宇静は冷血漢というわけではない。ここまで嘆かれ、縋りつかれてしまえば、部下の願いを無視できないはずだ。

（しかも私、洞窟内ではわりと活躍したし！）

鵺退治では役立たなかったが……その他の場面では、それなりの功績を残している。それは宇静も認めるところのはず。

「依依、そこまでにしておけ。あまり上司をいじめるものではない」

飛傑に窘められ、依依はきょとんとした。

まったく心当たりがない。どういうことかと再び宇静のほうを向けば、彼はとっくに立ち上がり、明後日の方向を向いていた。

そこで飛傑がふっと笑みを漏らす。

「ならば依依。血も涙もない清叉将軍から捧げられた霊芝を、余はそなたに預けよう」

「えっ」

依依はごくりと唾を呑み込む。

「い、いいんですか」

「預ける、と言ったのだ。そなたはこれを、どんな形で余に捧げられる？」

「それなら……霊芝は食用としては適していないので、薬用酒にするのがいいと思います」

依依は落ち込むことなく返答する。珍薬を扱うのは貴重な経験なので、手に入らないとしてもじゆうぶん嬉しいのだ。

そこで深玉が、おずおずと口を開く。

「楊依依《ヤンイーイー》、あなたってすごい男ね……」

「え？　そうですか？」

よく分からないが、賛辞を送られた依依は素直に照れた。

「別に褒めてるわけじゃないけれど。……ねぇ、ところで霊芝って何に効くの？」

深玉も霊芝のことは知っているようだ。しかし、その効能については詳しくないらしい。依依はにこにこしながら答える。

「霊芝自体が万能薬、だなんて呼ばれていますが、特に興奮を抑えるのに作用します。そういうわけで、淑妃にもおすすめですね」

「それどういう意味？」

（あっ）

失言だった。

「言い間違えました。霊芝を摂取すると健康になるんです」

「ものすごく曖昧じゃないの……」

そこで飛傑が顎に手を当てる。

「酒として飲めるまでに、どれくらいかかる？」

「そうですね。三月《みつき》……いや、半年は見てもらったほうがいいと思います」

それを聞いた飛傑が、やたら嬉しそうに微笑んだ。

「では半年後、飲ませてもらうのを楽しみにしよう。忘れるなよ」

「分かりました」

委細承知した、と頷いた依依は、そこで我に返った。

（……あれ？　もしかして今、言質《げんち》取られた？）

これでは霊芝酒ができるまで、依依は宮城に留まることになってしまったような――。

（まぁ、いっか！）

依依は切り替えることにした。大事なのは、霊芝を扱えるという事実なのだ。他のことには目をつぶっていい。たぶん。

「それにしても将軍様。まさか霊芝を発見するだなんて、本当にすばらしいです」

依依は心から称賛する。

「別に、大したことではない」

……が、なぜか宇静は、渋い顔でそう返してくる。褒められて照れるような可愛げはない人なので、ちょっと鬱陶しかったのだろうか？

そういうわけで黙り込んだ依依だったが、心の中では小躍りしていた。

（しかも霊芝以外の茸も、ちゃんとおいしく食べられるものばかりじゃない！）

食用の茸と毒茸の判別は、その道の玄人でなければ難しい。

毒茸入りの鍋を食べ、村ひとつが壊滅した……なんて話も珍しくない世の中である。松茸を始めとするおいしい茸ばかりを仕入れてきた宇静を、依依は尊敬せずにいられなかった。

（でもどうして、茸の見分け方なんて知ってるのかしら）

ふと、そんなことが気になる。

牛鳥豚や涼《リャン》によると、清叉将軍の名を冠する前の宇静がどこで何をしていたのかは、公には知られていないらしい。

二年前、突然朝廷に参じて、そこで飛傑から清叉将軍に任ぜられたそうで、誰に習って修練を積んでいたとか、どこの軍に所属していたとか、そういったことは誰も知らなかったのだという。

（よく行軍していて、現地で食べ物を調達する機会が多かった、とか？）

だが、それだけでは説明がつかない。

彼の冷静さや、どんな状況でも鈍らない判断力は、一朝一夕で身につくものとは思えないのだ。

その忍耐強い性格は、山育ちの依依に近いものがある。

（ちょっと気になるけど……私が訊いても、教えてくれないわよね）

もしも寮で語るようなことがあったなら、牛鳥豚も知っていただろう。あるいは宇静の過去を知る人物は、全員が口を噤んでいるのかもしれないが。

なんとなく空夜《コンイエ》は知っていそうだ、と依依は思う。宇静が軍を率いる立場に着任した頃から副官として活躍しているということは、空白の期間に出会った人物になるからだ。

「今から俺が料理の支度をする。依依、お前は少し休め」

「えっ」

唐突にそんなことを言われて、依依は困惑した。

上官に料理をさせて休む部下など、聞いたことがない。清叉寮ではまずあり得ないことだ。

「そういうわけにはいきません、僕も働きます」

「いい。これは命令だ、さっさと休め」

宇静の口調はあくまで素っ気ないが、内容は部下への気遣いに満ちている。

「そうだな。少しだけでも洞窟のほうで休むといい」

飛傑もそこに加勢する。

どうやら目の前の兄弟は、依依を休ませる方向で意見を一致させているようだ。それが分かったので、依依は食い下がるのをやめた。

本音を言えば、かなり疲れていたのだ。ほとんど休みなく働き続けていたので当然である。尋常でなく研ぎ澄まされた感覚は元に戻ったものの、その影響か一気に強い疲労の波が押し寄せてきているのを、本人も自覚していた。

いったん決断すれば、依依の行動は誰よりも早い。

「では楊依依、遠慮なく休ませていただきます！」

洞窟に引き返し、外套にくるまった依依は、次の瞬間には眠りの国へと誘《いざな》われていた。

久方ぶりの深い眠りだったおかげか、饅頭の夢は見なかった。

第六章 清叉軍との合流

夜闇の中、純花《チュンファ》が立っている。

依依《イーイー》はそんな彼女を、離れたところから眺めている。

灼夏宮の庭によく似た場所だが、細部が少し違っているようだ。他の妃の宮なのかもしれない。

純花はそこで、まんまるの月を見上げてぼんやりしている。

月見をしているのだろうか。ぼんやりと見守っていた依依は、そこではっとする。

赤銅色の瞳から、ほろりと、一筋の涙がこぼれ落ちていたからだ。

（純花、どうしたの？）

慌てて声をかけようとしても、喉の奥からは何も音がしない。

ようやく依依は気がついた。

（ああ、これは……夢なんだわ）

近づけないし、呼びかけられない。依依にできるのは、声もなく泣いている純花を遠目に眺めることだけである。

純花の瞳は、涙を流すたび痛々しく腫れていく。

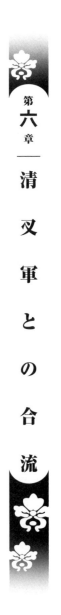

純花を泣かせたくない。泣くならば、せめて、依依の腕の中で泣いてほしいと思う。

（大丈夫よ、純花。私、必ず帰るから――）

きっと待ってて、と、依依は声にならない声を振り絞り、叫ぶ。


「純花ー！」

「きゃあぁっ」

がばりと跳ね起きた依依の耳奥で、自分の声と深玉《シェンユ》の声とがぐわんぐわん反響する。

近くで休んでいたらしい深玉が、自身の身体を抱きしめるようにして固まっているのを見て、外套を脱いだ依依は即座に平謝りした。

「ご、ごめんなさい円淑妃。ちょっと夢を見てまして」

「び、びっくりしたぁ。どういう寝言よ、灼賢妃の名前を大声で叫ぶとか……」

痛いところを突かれて、依依はぎくりとする。

雲上人である妃の名を呼び捨てにする武官なんて、不審に思われるのも当然だ。

（ど、どうやって言い逃れよう）

そのやり取りが聞こえてか、洞窟の外から飛傑《フェイジェ》が顔を出す。

先に起きていたらしい。彼は顔色ひとつ変えず言ってみせた。

「純花というのは、確かそなたの故郷で親しまれていた郷土料理の名前だったな。前に話してくれたのを覚えている」

「えっ……は、はい。そうなんです。すごくおいしいんですよ」

とりあえず乗っかることにして、依依はこくこくと頷いた。だいぶ無理のある嘘だったが、飛傑が堂々としているせいか、深玉は騙されてくれたようだ。

「初めて聞いたわ。それってどういう料理――」

「ところで依依、もう朝だぞ。先に顔を洗ってこい」

「分かりました」

(ありがとう陛下！)

深玉の追求から逃れた依依は、布巾を手に急ぎ足で川へと向かう。

「それにしても私としたことが、朝まで爆睡しちゃうなんて……」

自分で思っていた以上に疲れていたのだろう。

朝霧が立ち込める中、川まで下りていく。依依の気配に気がつくと、小魚が岩陰に散るように逃げていった。

ざぶざぶと、冷たい水で顔を洗っているうちに眠気が取れたようだ。

「今日はしっかり働かないと」

濡れた顔を拭って決意を固めていると、まるでそんな依依を誘惑するかのように、風上から食欲を刺激する香りが漂ってきた。

「いいにおい……」

すんすん、と鼻を動かして、依依はその香りにつられるようにして両足を動かす。

依依が昨日作った石の竈で、埋《うず》み火《び》を搔き起こしていたのは宇静《ユージン》である。先ほど真横を通ったはずが、彼に気づかないほど依依は焦っていたようだ。

「将軍様、おはようございます」

「おはよう」

早朝ゆえか、普段以上に低い声で応じた宇静が、ちらりと目を向けてくる。

「昨夜の残りだが、朝餉を準備している。少し待っていろ」

「はい！」

朝餉と言われた依依はしゃっきりとした返事をした。

適当な石に腰かけて、お腹を鳴らしながら待つ。やがて差し出されたのは、松茸入りの汁物であった。

「食え」

「いただきますっ！」

笹の皿ごと舐めるような破竹の勢いで、依依は汁物を飲んだ。

「お、おいしいい……」

依依の目に、じわりと感動の涙がにじむ。

調味料がないので薄味だ。しかし、より素材の旨みが染み出ているともいえる。どこか若晴《ルオチン》との暮らしを彷彿とさせるような、素朴な味わいの汁物である。

「お代わりは」

「お願いします！」

宇静はたっぷりと盛ってくれた。というのも他の三人は、すでに食事を終えていたのだ。

「将軍様、料理もできるんですね」

「料理というほどのものではない。湯に茸を入れただけだ」

「それじゃあ、湯に茸を入れる達人ですね！」

依依は宇静を褒めたたえた。

最終的に七杯食べた。正しくは、八杯目の用意がなかったともいえる。

薬草茶を飲み人心地ついた依依は、向かいで茶を啜る宇静に話しかけた。

「今日中には、温泉宮に辿り着けるでしょうか」

「そうだな。淑妃の体力は心配だが、なんとかなるだろう」

頷いた依依は、小声で言う。

「私、ここにいて良かったんでしょうか」

「何が言いたい？」

なぜかしらばっくれる宇静に、依依はふくれ面になる。

「だって私、奴らの間諜かもしれないじゃないですか」

一瞬、宇静は真顔になった。

それから、小さく噴き出す。

「ちょ……なんで笑うんですかっ」

「そんな可能性は、最初から考慮していないからだ」

宇静はそう言ってのけるが、そんなはずはないと依依は思う。

「でもあいつらは、灼家の――」

「灼家？　どういうこと？」

今さらになって口を噤むが、時既に遅し。

振り返れば、深玉は爛々と輝く目で依依を睨んでいる。依依の話が耳に入ったのだろう。

依依は意見を仰ぐように、深玉の後ろに立つ飛傑の顔を見た。

彼は軽く頷いてみせる。

「こうして巻き込んでしまったのだから、淑妃にも知ってもらうべきだろう」

確かに、隠し通すべきではないのかもしれない。深玉には知る権利があるのだ。

依依は自分が見たものについて、深玉にも話すことにした。

だが話し終わったところで、大きな後悔が首をもたげる。

（純花とは犬猿の仲の、円淑妃のことだもの……）

ここぞとばかりに灼家を口撃するか、強い反発心を抱くかもしれない。彼女がこんな目に遭わされたのが、灼家のせいとなれば当然ではあるが。

だが、想像するどれもと、深玉の反応は違っていた。

「違うわ」

深玉は、依依の言葉をまず否定したのだ。

目を丸くしている依依に気がついたのだろう。深玉が、自身の髪に触れながら言う。

「ち、違うとは、言いきれないかもしれないけど……でも、畏れ多くも皇帝陛下を狙うおぞましい陰謀があったとして、灼賢妃は加担していないと思うのよ」

飛傑は、そんな深玉の言葉に興味を持ったようだった。

「淑妃。そう思う根拠はあるのか」

国政において皇帝が皇后に意見を求めるというのは、珍しいことではない。長い歴史を振り返れば、武器を手に取って戦う皇后もいたくらいだ。皇后になってから兵法を学んだわけではなく、武芸に優れる灼家出身の女性が皇后の座に就いた――という話なのだが。

しかし今まで、飛傑は自身の妃にそのような役目を求めることはほとんどなかった。四家の一角を担う重鎮の裏切りが疑われる状況で意見を求めるなど、以ての外だろう。

そのせいか見開かれた深玉の双眸には、大きな驚きが浮かんでいた。

少しの間、深玉は黙っていたが、やがて決意を固めたように話し出した。

「あの子、本当に気弱で臆病で……誰かに馬鹿にされても、相手を涙目で睨むくらいしかできませんの。そんな子が、皇帝陛下を狙うなんて恐ろしい計画について黙っていられるはずがありません。温泉宮への同行者を決める賭け事に敗れたときだって、本気で悔しがっていましたし」

それにそれに、と絞り出すように言い募る深玉を、飛傑と宇静は興味深そうに眺めている。

（淑妃……）

依依も、きっと同じような顔をしていたことだろう。

意外なことに深玉は、ここにはいない純花を庇ってくれているのだ。根拠とするにはあまりに薄弱な理由ではあれど、その必死の思いが伝わってくる。

そういえば、深玉は純花を嫌っていると決めつける依依に対して、桂才《グイツァイ》は何かを言いかけていた。

桂才だけは、彼女の隠された本音を察していたのかもしれない。

（宮城を出てから、たくさんのことを知った気がする）

ただ飛傑を守るついでのように深玉を扱っていたのなら、絶対に気づけなかったことだ。高飛車な妃が女官を助け、反目している妃を庇うような発言をする人だなんて。

——皇帝直属軍である清叉軍。

本来のその役目は、あくまで皇帝の御身を守ることにある。

優先順位でいうと、頂点に飛傑が君臨する。次点として皇太后や皇妹といった、彼に近しい立場の皇族が続く。

皇后ではなく、懐妊してもいない深玉の優先度は、実のところ高いものではない。彼女の地位が、どんなに高貴なものだったとしても。

しかし依依は、深玉を守り抜こうと決めた。何があろうと見捨てずに、彼女を温泉宮へと送り届けるのだ。

依依がそんな覚悟を固めているとは露知らず、深玉は最後に、まっすぐな目をして締め括った。

「ですから灼家が関与しているにしても、灼賢妃以外の人間を処していただきたいです」

……いや、言っている内容はなかなかに恐ろしいのだが。

「円淑妃。それはあなたが判断すべきことではない」

宇静に諫められ、深玉がさっと顔を青くする。

飛傑が言ったのは、純花が陰謀に加担していない根拠を述べよ、というところまでだ。たとい灼家に逆賊の疑いがあるとして、その処分にまで他家の人間が口出しするのは出過ぎたことである。

「申し訳ございません。あたくし、差し出がましいことを」

「いや、良い。貴重な意見が聞けて良かった」

飛傑は微笑んでみせた。それで、その話はいったん終わったのだった。

その後は今日の動きについて話したところで、いざ出発である。

といっても方針は単純明快だ。下山しつつ、木の上から見えた温泉宮の方角へと向かっていく。

皇帝が温泉宮に向かうはずだということは、当然ながら黒布も予想しているだろう。だが、わざわざ目的地まで迂回していく必要はない。現在地を悟られていない以上、彼らには予想を絞ることができないからだ。

汁物七杯ではお腹いっぱいというわけではないが、依依の胃袋はほこほこと温かくなっている。今日は気力体力ともに充実している。松茸のおかげである。

霊山には霧がよく出た。黒布から身を隠すのに役立つが、視界が利かなくなるのはこちらも同じだ。方角を見失わないように、依依たちは注意深く進んでいった。

おおよそ三里ほど進んだところで昼休憩を取っていると、深玉がこそこそと話しかけてきた。

「ちょっといい？　楊依依《ヤンイーイー》」

「どうされたんですか。疲れました？」

少しだけ躊躇ってから、深玉が口にする。

「……足が、痛いのよ」

「すぐに見ましょう」

しかし、深玉は首を横に振る。

「だめよ。皇帝陛下に知られたくないの」

「二人とも、どうかしたか」

飛傑が声をかけてきたので、依依は泡を食って答えた。

「淑妃と一緒に手洗いに行ってきます」

依依の慌てぶりに不思議そうな顔をしつつ、飛傑が頷く。

「分かった。だが、あまり離れないようにな」

依依は深玉を連れて、少し離れた岩場へと移動する。

汚れを払った岩に腰かけた深玉が、ゆっくりと履き物を脱いでみせる。

「これは……」

依依は顔を顰《しか》めた。

右足も左足も、つま先の血豆が潰れている。

ここまで我慢して歩いてきたのだろう。深玉は変なところで強がる傾向があるようだ。というより男性陣（依依含む）がわりと平気な顔をしているので、言い出せなかったに違いない。

（私が気遣うべきだったわ）

深玉は武人ではないし、身体を鍛えた経験だってないだろう。少しの距離を行くにも輿《こし》や馬車に乗っていくようなお妃様なのだ。

しかもその履き物は、きらきらと光る宝石を縫いつけた豪華なもので、長距離を歩くにはまったく適していないのである。

「気がついてあげられなくてごめんなさい。まず手当をしましょう」

「あなた、あたくしの足に触れるつもり？」

深玉が頬を赤くした。貴婦人の足に夫でもない男が触れるなど、破廉恥なことだからだ。

「ご安心を。気になる人のひとりや二人いますから、円淑妃に懸想したりはしませんよ」

「……ああ、そんなことも言っていたわね。なら許すけれど、さっさとしてちょうだい。あんまり遅いと、陛下に変に思われちゃう」

手当される側だというのに、深玉は尊大な態度である。だが依依は慇懃に頭を下げた。

近くに流れている小川まで移動して、まず両足を洗ってきれいにしていく。

「痛いですか？」

「……だい、じょうぶ、よぉ」

強がりだ、と顔を見れば分かる。喉奥から絞り出した声だけでも分かる。

瞳を潤ませた深玉が、早口で言う。

「わ、分かってるわよ。最初は陛下に近づくとか協力しろだとか偉そうなこと言ってたくせに、って思ってるんでしょう？」

「いや、そんなことは」

それはさすがに被害妄想が過ぎる。

「甘かったわよね、それどころじゃなかったわぁ。そもそもこんな汚れた格好じゃあ、陛下に近づく気にもなれないし」

嘆息する深玉に、依依は励ますつもりで伝える。

「薄汚れていても、円淑妃はきれいですよ」

「汚れてなんていません、本日も麗しいですって言うところでしょう、そこは」

それは確かにそうだ。すみません、と依依は素直に謝っておいた。

依依は深玉の足裏を拭いてから、傷口に丁寧に塗り薬を塗っていった。深玉は声を上げるのを懸命に堪えている。

最後は慣れた手つきで包帯を巻いていく。簡単な手当を終えたところで、依依は自身の足元を指さした。

「良かったら僕の沓《くつ》を履いてください。少しは歩きやすいと思いますから」

依依の足は深玉より大きいが、詰め物をすればなんとかなるはずだ。

が、良かれと思っての提案はあっさりと断られる。

「いやよ。くさそうだし」

(ひどい!)

ものすごい暴言だが、否定できるかというと微妙だった。深玉に悪気がないのが余計に辛い。

「またその沓を履いたら、怪我が悪化するかもしれませんよ」

「もうすぐ温泉宮でしょう？　なら平気よ」

「でも……」

そっぽを向く深玉の説得に困っていたときである。

依依は左後方に、何者かの気配を感じ取った。

（——殺気！）

「円淑妃、伏せて！」

言いながら、きょとんとしている深玉に依依は覆い被さっていた。

空気を裂き、一本の矢が飛んでくる。次の瞬間、左腕に焼けるような痛みが走った。

依依は歯を食いしばる。

「や、楊依依！」

「平気です！」

「将軍、早く来てちょうだい！　依依が！」

真っ青になった深玉が混乱のまま叫ぶ。そのおかげか、あるいは援軍を呼びに行ったのか、木々の間に引っ込んだ相手は追い打ちをかけてこない。

まずは止血だ。依依は手早く、余った包帯を腕に巻きつけた。

見たところ傷口に気になるところはない。矢尻が汚されていた心配はなさそうだ。

（遅れてくる毒とかだったら、それはそれね）

また鴆毒を持ってこられるならまだしも、そんじょそこらの毒は依依には効かない。

叫び声を聞きつけ、宇静と飛傑も駆けつけてきた。依依の左腕を見て瞠目《どうもく》している。

「黒布に遭遇しました。淑妃に怪我はありません」

「でも、依依が……」

なおも言い募ろうとする深玉に、依依は笑顔で首を振る。

「僕は平気ですから、すぐ下山しましょう。相手は援軍を呼ぶつもりかもしれません」

「分かった」

宇静が頷いた。

発見された以上、じわじわと包囲網を狭められ、いずれ見つかる危険がある。慣れない山中で追い立てられる前に、温泉宮を目指すべきだ。

「ただ、淑妃は足を痛めていて……」

そこで背後の茂みががさがさと揺れる音がした。

「まさか、あの男の援軍が……？」

もう、依依たちは黒布に包囲されているのか。そんな不安が全員の胸を過ぎる。

しくしくと深玉が泣き言を漏らしている。

「そうよねぇ、美人薄命っていうものねぇ……あたくし、ここで命を落とす運命なんだわぁぁ」

（この人、ちょっとおもしろいわね……）

おかげで、いい意味で筋肉の緊張が解けた気がする依依である。

深玉を庇うように前に出た宇静が剣を抜く。

依依もまた、中段で拳を構える。誰が相手だろうと、みすみす飛傑や深玉を傷つけさせるつもりはない。

そうして四人が唾を呑み、目を凝らして見つめる中――茂みから転がり出るように姿を現したのは、見覚えのある四人組だった。

「おらぁ！　追い詰めてやったぞ、覚悟しやがれ！」

勇を鼓すように、声を張り上げているのは鳥である。

ぶんぶんぶん、と危なっかしく長剣を振るので、切っ先に当たりそうになった他の三人が縮み上がっている。

見覚えのある顔ぶれに、依依は目を見開いた。

「涼《リャン》！　それに牛鳥豚!?」

依依の驚く声を掻き消すように、きゃあああっと歓声を上げて牛鳥豚が駆け寄ってくる。胴間声なので、愛らしさとはほど遠かったが……。

「大哥、ようやく見つけたっす！」

「また会えて良かったー！　生きてるって信じてました！」

「幽霊じゃないっすよね！」

依依は豚の背後に回り、首に手をかける。

「どう？　幽霊かしら？」

「ぐええ間違いなく生きてます！」

すぐに解放してやる。今は豚と遊んでいる場合ではない。

「おれら、大哥たちを捜してたら黒布の男を見つけたもんで、ここまで追ってきたんです」

どうやら先ほどの黒布がすぐに逃げたのは、背後に迫る四人に気がついたかららしい。

依依は満面の笑みを浮かべ、鳥の肩をばしんと叩いてやる。

「でかしたわね、鳥！」

「いってー！　ありがとうございます！」

「……依依、どうして女言葉なの？」

足を庇って岩に腰かけた深玉が、不思議そうにしている。

依依は慌てて口を閉ざす。興奮して普段の口調が出てしまったようだ。

「先ほどそれらしき男に襲撃されたばかりだ。早急に温泉宮に向かいたい」

飛傑がうまく話題を逸らしてくれたので、依依は肩を撫で下ろした。

「おー、もちろんっす皇帝」

「皇帝陛下、だろ！」

依依が注意すると、鳥が拱手の礼をとる。全員が慌ててそれに倣う。

「こ、皇帝陛下。ご無事で何よりです」

「良い。そなたたちこそご苦労だった」

形式的な挨拶を終えて、飛傑が労いの言葉をかける。

ぎくしゃくしていた鳥の表情が、目に見えて明るくなった。普段は関わる機会のほとんどない皇帝から声をかけられて嬉しかったのだろう。

「清叉軍と襲撃者それぞれの犠牲は？」

「それは、えっと……どちらも出ませんでした」

（どちらも？）

思いがけない言葉に依依は当惑する。

清叉軍に犠牲者が出なかったのは僥倖《ぎょうこう》だが、敵にも死者が出なかったというのは、あり得ない。依依だって流星錘を操っていた男に致命傷を負わせている。

鳥がぽりぽりと頬をかく。もう皇帝を前にした緊張感が解けてしまったらしい。

「清叉軍は数人だけ怪我人がいますが、大したことはないです。最初の交戦地にも何人かで引き返してみたんですが、倒れていた男たちもいなくなってて……」

数人が戻ったのは、飛傑たちの行方を追うためだろう。そして、敵の正体について探るという意図もあったはずだ。

宇静は以前、緊急時対策会議と称して、清叉軍全員を集めて何度か講義を行っていた。

あらゆる事態を想定しての講義だったのだが、全体の指揮を執れる人間が不在の場合、清叉軍は何をすべきか、どう動くべきかという内容も含まれていた。今回、清叉軍が足並みを揃えて動くことができたのは、そういった目立たぬ努力が功を奏した結果といえよう。

「わざわざ引き返したということは……奴らの髪色について、そなたらも確認したのだな？」

歯切れの悪い鳥に飛傑が訊ねれば、涼と牛豚が目を見交わす。

恐る恐る口を開いたのは牛である。

「俺……私が見ました。他にも三人、赤い髪を見ています」

依依だけでなく、他にも赤髪を見た者たちがいたようだ。

（その場に何も残さなかったのは、あの赤髪を見られたくなかったからね）

捕虜として捕らえられれば、呆気なく黒布は剥がされてしまうし、目の色も確認できる。奴らはそれを恐れて、すべての痕跡を消したのだろう。

「そうか、よく分かった」

「うす。温泉宮までおれたちが先導するんで、ついてきてください！」

なんだか今日ばかりは鳥たちが頼もしく感じられる依依である。

そこで飛傑が口を開く。

「円淑妃は足を痛めている。誰か、彼女を運んでほしいのだが」

依依はじぃっと、涼を見つめた。念を送るためである。

（涼。がさつな牛鳥豚には、女人を丁重に運ぶなんて逆さまになっても無理よ！）

さすが同期というべきか、涼には思いが通じたらしい。

彼は依依に向かって小さく頷いてから、飛傑の正面で拱手の礼をとった。

「皇帝陛下。分不相応ながら、私がお引き受けいたします」

「ああ、淑妃を任せる」

「はっ」

涼は深玉に向かって丁重に頭を下げた。

「それでは円淑妃、失礼します」

目をしばたたかせる深玉の前で屈むと、涼は彼女を横抱きにしてしまう。

「ひゃっ」

深玉があられもない悲鳴を上げる。申し訳なさそうに涼が言う。

「下に馬車を待たせてあります。少しの間だけ、我慢してくださいね」

そのまま抱きかかえていくつもりらしい。

重い――といっては深玉に叱られるだろうが、豪奢な衣をまとった女人ひとりだ。そう軽いはずがない。

しかし涼は口を真一文字に引き結んで、牛鳥豚が導く険しい山道を下っていく。

深玉に負担がないよう、なるべく揺らさないように気をつけてもいる。宇静に鍛えられたのは、何も牛鳥豚だけではないのだ。同期の背中を誇らしい気持ちで依依は見送る。

(それにしても円淑妃、どうしたのかしら)

遠目に見ても、深玉の頬が真っ赤になっている。あわあわと狼狽《うろた》えて、両手を彷徨《さまよ》わせてと忙しない彼女に、涼が「しっかり摑まってくださいね」と声をかけていた。

（援軍に安心して、熱が出ちゃったとか？）

ようやく味方に会えて、気が抜けたのかもしれない。

「愉快な同僚だな、依依」

「はぁ……」

飛傑が笑いながら話しかけてくる。明らかにおもしろがっている。

しかし飛傑はすぐに笑みを消すと、依依のことをじっと見つめてきた。

「怪我の具合はどうだ」

「これくらいなら、動くのに支障はありません」

依依は軽く左腕を回そうとするが、その腕を飛傑が触れて止める。

「無理に動かすな。包帯に血がにじんでいる」

「大した怪我じゃありませんってば」

この程度で音《ね》を上げては、清叉軍の名折れである。

「というか陛下、早く彼らについていってくださいよ」

そもそも深玉のことだって、飛傑が抱きかかえてあげれば良かったのに、と思う依依である。そのほうがよっぽど深玉は喜んだことだろう。

しかし飛傑は軽く首を横に振ってみせた。

「そのつもりはない」

「えっ」

「皇帝陛下、どういうことです？」

割って入ってきたのは宇静だった。

厳しい顔つきの将軍と依依を見つめて、飛傑が言う。

「余は、ここに残る」

飛傑はきっぱりと断言する。誰に説得されたところで意見を翻すつもりはないと、その凛とした声色が告げていた。

依依はその理由に思い当たる。

「黒布の正体が、灼家の人間だから……ですか？」

忠臣であった灼家が、今回の襲撃に関わっている逆賊だとするなら——皇帝である飛傑は危険を冒してでも、その手で断罪するつもりなのではないだろうか。

(それなら私は黒布を倒して、それから純花を守らないと)

何も知らないだろう純花には、累が及ばぬように依依が守る。もしも一族郎党皆殺し、なんて事態になったなら、純花を連れて後宮から逃げるのだ。

(二人で外つ国に渡るっていうのも、いいのかもしれないわ)

一度は辺境に戻り、若晴に都での出来事を報告すると約束した。その約束を果たすのはしばらく難しそうだが、殺されそうだった依依を連れて逃げてくれた若晴ならば、きっと分かってくれるはずだ。

依依の小さな頭の中では、今後考えられる様々な方策が、走馬灯のような速度で流れていた。

しかしそんな依依の思考を、飛傑はあっさりとぶった切る。

「そなた……たまに難しい顔をしていると思ったら、そんなつまらないことに悩んでいたのか」

「………………はい？」

どう考えても、つまらないことではない。依依にとっても純花にとっても、今後の明暗を分けるとてつもなく重要なことである。

しかし飛傑は訂正しない。なんだか困ったような顔つきで依依を見ているだけだ。宇静まで、なぜか同情するような眼差しをしている。

「悪いことをしたな。だがそなたと二人きりで話す機会が、ちっとも巡ってこないものだから」

後半は、なぜか責めるような調子である。しかし別にそれは依依のせいではない気がする。

「えっと、どういうことです？」

「つまりだな……」

混乱する依依に、飛傑は短い言葉で胸の内を語ってみせた。

——その結果、依依はちょっと怒りたくなった。

（もう、さっさと教えておいてよ！）

どれだけ依依がもやもやしたと思っているのだろう。

飛傑の言った通り、二人で話すのが難しかったのだから、情報共有できなかったのも致し方ないが。

「問題は、どうやって奴らを一網打尽にするかだが……」

飛傑の呟きを聞きとがめて、依依は一本指を立てる。

「そういうことなら、私に考えがあります。罠を仕掛けましょう」

敵の正体について、現段階で飛傑や宇静も確証が得られているわけではない。ならば、それを得るために確実な手段がある。

(やられてばっかりは、性に合わないしね)

「罠？　どうするつもりだ？」

飛傑に問われた依依は、にやりと笑ってみせる。

「ここまで、純花に来てもらうんですよ！」

根城にしている、小さな鍾乳洞にて。

奥側の鍾乳石に腰かけた男は、にやにやと笑っていた。山中で妃らしい女と、それを守る武官を発見したという報告が入ってきたからだ。

周りを囲んで指示を待つのは、全員が頭から布を巻いて顔を隠した、怪しげな面相の男たちである。

合計して十八名。数名は清叉軍との衝突で命を落としたので、山中に埋めている。

その後も山奥で彷徨ったのか、清叉軍と交戦したのか。合流地点まで戻ってこない連中がいるが、知ったことではない。男にとっては、全員がただの捨て駒である。

——皇帝である飛傑《フェイジェ》が、温泉宮にて休養を予定している。

その情報を仕入れたとき、これはまたとない好機だと男は奮い立った。

宮城に留まる以上、堅固に守られる皇帝に手出しするのはほぼ不可能だ。

だが移動中であれば、必ず付け入る隙が生じる。考えは的中し、男たちは見事、飛傑を警護隊から分断させることに成功した。

おそらく妃と武官は、飛傑と行動を共にしているのだろう。

少人数の護衛は、数で圧倒して蹴散らせる。飛傑の身柄さえ手中に入れれば、それでいいのだ。

眼前に迫りつつある勝利の予感に、男は込み上げてきた唾をごくりと呑み込む。

――すぐに妃が見つかった地点を襲撃し、皇帝を拘束しろ。

そう指示を下そうとしたとき、長身の男が外から駆け戻ってきた。

「お頭！　妃を連れてまいりました！」

しかし、報告の内容は信じられないものだった。

「なんだと？」

訝しげに目を向ければ、薄暗い鍾乳洞をしずしずと歩いてくる女の姿があったものだから、男は息を呑んだ。

慌ただしく全員が立ち上がり、武器を構えれば、広場のように開けた場所で女が立ち止まる。

顔を隠した荒くれ者に囲まれれば、か弱い女子なら震えて泣き出してもおかしくないだろう。

しかし少女はまったく狼狽えず、落ち着いた様子で黒布の群れを見回している。

彼女が歩を進めるたび、裾の長い白の衣がふわりと膨らむ。そのたび、荒々しげな鍾乳洞に似合わない、たおやかな風が流れ込んできたかのように男は錯覚する。

……いや。そもそも。

「お前……灼純花《シャクチュンファ》、だと？　なぜここにいる！」

男は立ち上がり、鋭く純花を睨みつけた。

赤い髪の毛に赤い瞳は、灼家の人間の証《あかし》だ。血が薄れるほど色素も薄まるそうだが、目の前に立つ少女は見事な赤色をその身に宿していた。

見た目の年齢からしても間違いなく、灼純花本人である。

見張りが制止できなかったのも、知らされていなかった彼女の存在と、護衛の姿もなく単独で現れたことに動揺したからだろう。

「お前は、後宮に留まっているはずだ。皇帝に随伴しているのは、円淑妃と潮徳妃のはず……」

「あら、おかしなことを言うわね。後宮の外部に漏れる程度の情報が、真実であるわけがないでしょう？」

妃らしい、高慢な口調で純花が言い放つ。

襲撃した際、出発が遅れた馬車から女が落ちたのは数人が目撃している。

だがそれが誰であったのかは、確証が得られていなかった。

(あれが、灼純花だったのか？)

「今回、皇帝のお供に選ばれたのは、わたくしと樹貴妃なのよ」

「……では、我々が把握していた情報とは真逆だったと？」

「そうよ。少し頭を使えば分かることじゃない。貴妃として寵愛を受ける樹桜霞《ジュインシア》を、皇帝陛下が後宮に置いていくわけないでしょう」

くすくす、と小馬鹿にするように純花が笑う。

だが男は怒りではなく、純花の言動に得体の知れなさを覚えていた。

背中を冷や汗が流れていく。

(この娘……なぜ我々に、あっさりと情報を流す？)

それに妃でありながら、皇帝に対して尊称もつけていない。

その言葉に不穏な何かを感じ取ったとき――赤髪の妃は、鬱陶しげに溜め息を吐いた。

「何が楽しくて同じ灼家の人間に、追われなくちゃいけないのよ。もしわたくしの身に何かあったら、灼雄《シャクシオン》にどう弁明するつもりだったの？」

「……は？」

「それで、わたくしはどうすればいいのかしら」

「…………」

「まったく。皇帝を弑《しい》するつもりだというなら、事前に連絡しておいてほしいわね。ひとりで抜け出してここに来るのも、大変だったんだから」

絶句する男に、純花は続ける。

「わたくしは灼家の人間よ。もちろん一族の人間として、お前たちに協力する心積もりだわ」

そこでようやく、男はすべてを理解した。

これは――使える。

興奮が昂じて、ぞわぞわと全身の鳥肌が立つ。

神は、私を見捨てていなかった。そんな思いが胸に満ちていく。

焦りを抑えて、男は問いかけた。

「なぜ灼賢妃は、我々が灼家の人間だとお気づきに？」

「馬車から落ちたとき、黒布が外れた男の髪色が見えたからよ。それでついさっき、この男と出会《でくわ》したから、わたくしを根城まで案内しなさいと言ったの。もちろん、誰にも見られてないわ」

男は納得して頷く。

「でかしたぞ」

「へぇ」

長身の男がへこへこと頭を下げる。なかなか使える奴がいたらしい、と男はほくそ笑む。

純花の佇《たたず》まいにどこか圧倒されるようなものを感じたが、それは勘違いだった。純花はただ、この場にいる男たちを身内だと認識したから、怯えていなかっただけなのだ。

ただ髪色が同じというだけで、よく簡単に心を開けるものだ。

何度、この鮮烈な赤色に殺意を覚えたことか分からない。だが今だけは逆だった。

（灼賢妃が、まさか……ここまで愚かだったとは）

笑いが込み上げてくる。それを誤魔化すように、男は咳払いをした。

そうと知っていたならもっと早く、彼女を手駒として有効に使う道もあった。それを考えると残念ではあるが、今からでも使い道はある。

命からがら、一緒になって逃げていた妃の言動を、飛傑が疑うことはないだろう。

(陸飛傑《リクフェイジエ》。こんなにも馬鹿な女を妃に選んだのが、お前の命取りになった)

「我々としては、貴《とうと》い身である賢妃に危うい真似はさせられませんが……」

わざと男が控えめなことを言えば、純花は調子づいたように言う。

「今、皇帝に内密に話したいことがあるから、ひとりでここに来るように伝えてあるわ。もうすぐ到着するはずよ」

「さすが灼賢妃。それでしたらじゅうぶんです」

操る前から、思い通りに動いてくれる。こんなに扱いやすい駒は他にないだろう。

「ねぇ、その布を外してちょうだい。味方に接する態度ではないでしょう？」

「ええ。賢妃の仰《おつしや》るとおりですね」

男たちは揃って布を外す。

もはや、隠す必要はない。蒸れるばかりの布を外し、同じ赤い髪を見せつけるようにすれば、純花はほっとしたようだった。

「では灼賢妃。あなたには、少しばかり休んでもらいましょう」

やれ、と目線で指示する。純花の傍に立っていた屈強な男が、ひとつ頷く。

その男はごきり、と指の筋肉を鳴らすと、純花に近づいていく。小さな姿は、男の位置からは見えなくなり、焦ったような声だけが聞こえる。

「なに？　ど、どうしたの？」

(悪く思うなよ、灼純花)

今はまだ、殺す必要はない。適当な一発を入れれば、弱々しい妃は失神するだろう。

興味を失い、男が視線を逸らしたときであった。

「――てやっ」

妙に可愛らしい声がした。

何事かと思って視線を戻せば、力自慢で知られる男が、泡を噴いてくずおれていた。

彼から一発喰らうはずだった純花はといえば、平然としている。

「……何を遊んでいる？」

「お、お頭。違うんです、今、この女が……」

近くに立っていた小男が、身震いしながら何かを言おうとする。

「ほっ」

次の瞬間、そいつの身体が後方に吹っ飛んだ。

鍾乳石を砕くかのような勢いで打ちつけられ、悲鳴を上げることもできずに気を失っている。

男の額から、たらりと汗が流れ落ちた。

(しょ、掌底打《しょうていう》ち？)

華奢な純花が素早く距離を詰め、小男の顎先に手のひらを打ちつけた。

真っ赤に腫れた小男の顎から、そう推測することしかできない。瞬きもせず見ていたはずが、速く、無駄のない動作は達人のそれの領域だったのだ。

「な、何を……何をする灼賢妃！」

「何をするって、悪いやつにお灸を据えただけよ。いけなかった？」

打って変わって粗雑な喋り方になった純花が、小男が落とした棍棒をつま先で蹴り、軽やかに拾い上げる。

ここまで来れば、残った男たちは警戒心を引き上げる。全員が武器を構え、純花を取り囲んだ。

「お前、本当に……灼賢妃なのか？」

「もちろん。他の誰に見えるのかしら」

じりじりと包囲されながらも、純花――ではなく依依《イーイー》は、にっこりと笑ってみせた。


（うまく引っ掛かってくれて、どうもありがとう）

ここまで上手くいくとは思っていなかったので、依依はるんるん気分だった。

帽子と頭巾を外し、赤い髪を解いた依依の姿は、双子の妹である純花と瓜二つである。

すべては黒布を騙すため、依依が打った芝居だ。

涼たちは馬車に、飛傑や深玉《シェンユ》の替えの服を積んできていた。深玉にはそちらに着替えてもらい、依依は彼女の着ていた衣装一式を借りることにしたのだ。そうすることで、馬車から落ちた妃が誰だったのか誤認させることに成功した。

普段の判断力があれば、深玉は服を貸す理由を気にしただろう。しかし相変わらず熱があるのか赤い顔で頷くだけだったので、ありがたく拝借させてもらった。

依依の狙い通り、借り受けた白のきらびやかな上衣や、柔らかな翠の裳は、妃らしい演出として存分に役立ってくれた。

髪結いや化粧の効力はないものの、暗い鍾乳洞であれば誤魔化しが利く。現に彼らも、依依を見るなり純花だと思い込んでいた。

「いつまで突っ立ってるの？　眠くなっちゃうんだけど」

わざと気の抜けた欠伸《あくび》をしてみれば、頭目らしい男が叫ぶ。

「やれ！」

それを合図に正面から二人の男が、そして背後から見張りを務めていた三人が、一斉に斬りかかってくる。

（躊躇なく死角を狙ってくるとは、まったく）

嘆かわしいわね、と思う依依だが、口には出さない。

ついでに振り向きもしなかった。傍らに立つ長身の男が、そちらについては対処すると分かっていたからだ。

依依は横に構えた棍棒で、二人分の攻撃を受け止め、ひとりには即座に蹴りを食らわす。

そんな彼女と背中合わせになり、背後の三人を呆気なく長剣で押し返したのは――ひとりだけ今さらのように、黒布を外した男である。

「お、お前……清叉将軍だったのか！」

今さら気がついた頭目が、唇をわななかせる。

依依が考えたやや穴のある作戦を、実行可能な形で練り直したのは飛傑と宇静《ユージン》である。

純花の振りをした依依を、黒布に変装した宇静が根城へと連れていく。黒布で顔を隠していたのが仇となり、見張り番も宇静を仲間だと思い込んで素通りさせたのだ。

本当は飛傑自身も参加したそうにしていたが、皇帝の身を危険に晒すわけにはいかなかった。

そして頭目の男の顔に、依依は見覚えがあった。

「やっぱりあんたたちは、灼家の人間――の振りをした、南王の元配下なのね」

(正しくは、元南王の元配下、だけど)

正体を言い当てられ、黒布たちは絶句している。

頭目は、南王の側付きだった男だ。市の際に後宮に入り込み、妻の妹である瑞姫《ルイヂエン》の女官を利用して、毒鳥の簪を回収しようとした人物である。

（名前は、んーと、なんだったかしら）

まぁいいか、と依依は息を吐く。こんな男の名を知ったところで、どうしようもない。

瑞姫の手元にあった簪。その贈り主は元を辿ると先王の妃であった馬唯《バウェイ》だった。

南王の母親である彼女は、現皇太后の立場を奪おうと画策していた。今際《いまわ》の母より事実を知らされた南王は、秘密裏に簪を回収しようとした。古物商である湘老閣《シヨウロウカク》を利用し、後宮に侵入したのだ。

どうして湘老閣が、ばれればただでは済まないと知りながら南王に協力したのかというと、彼らは以前から税金面で不正な優遇を受けていた。持ちつ持たれつの関係だったということだ。

ひとつの不正を実現するに当たって、協力した人間は数多くいたのだろう。黒布を巻いて飛傑を襲ってきたのは、南王の統治下で甘い汁を吸ってきた連中だったのだ。

南王は地位を失い出家した。その手足となった男についても地位を剝奪し、財産や土地を没収したと飛傑から聞いている。

しかし満身創痍の男は、散り散りになっていた荒くれ者を集めて、逆転の一手を打とうとした。飛傑の身柄さえ手に入れられれば、勅書を書かせるという形で命令を撤回させることができるからだ。

――なんて、荒唐無稽な策を実行するような連中だ。頭目に付き従っているのは、もともと荒事を担当していただけの連中だと思われた。

「筋書きは、すべて分かっているわよ。髪を隠しながらも、一部の武官にはわざと目撃させた。顔に黒布を巻きつけているのは、その下に隠したいものがあると印象づけるためね」

「ち、違う。我々は……」

「その髪の毛、樹液で赤く染めたんでしょう？」

必死に言い逃れようとする男の言葉を、依依は遮る。

「だって自分たちの素性を隠したいのなら、逆なのよ。目立つ赤い髪を黒く染めないとおかしいじゃない」

（昔の私のようにね）

依依は赤い髪を隠すため、樹液を用いて黒くしていた。彼らが行ったのはその真逆のことだ。

黒い髪を、海娜《ヘンナ》か何かを使って赤く染めた。自分たちのことを、灼家の人間だと誤認させるためである。

「赤髪を見せびらかしたのは、もし作戦がうまくいかなかったとしても――皇帝陛下に、灼家への強い疑念を持たせることができるからね。自分たちを死地に追い込んだ灼家に、一矢報いたかったんでしょう？　健気《けなげ》なものだわ」

ぎりり、と歯噛みする頭目。

南王の不正を摘発したのは雄だ。

彼はもともと南王近辺の動きを怪しみ、目星をつけていたらしい。腐っても皇族である南王相手に慎重に調査を進めていたが、朝議の場で飛傑に焚きつけられて動き出した。

つまり、雄は南王一派から大きな恨みを買っていた。それで今回、悪党たちは髪を赤く染めたというわけである。

（まぁ、私はなんにも分かってなかったけど！）

披露したのは、隅から隅まで飛傑の推測だ。

てっきり灼家が裏切っているのだと思っていた依依だが、今は「最初から分かってました！」とばかりに威風堂々と言ってのけるのが大事であった。

政治情勢に明るくない依依では、灼家に恨みを持つのは誰かだなんて分かりようがなかったが、飛傑は違う。雄から捕縛できていない輩がいると報告を受けていたのもあり、早い段階で察しがついていたようだ。

「……はっ。まだ、自分たちの立場が理解できていないようだ。この人数差で、生きて帰れると思うのか？」

頭目が嘲笑ってくるが、余裕ぶっているだけだ。指先の震えは隠せていない。

「それはこちらの台詞《せりふ》だ。田舎の荒くれ者風情が」

宇静が淡々と言い返す。

「清叉軍など、所詮寄せ集めの集団だ。しかも今は軍どころか、お前たち二人しか――」

「おらっ」

もったいぶった口上を最後まで聞くのが面倒だったので、依依は手にした棍棒を目の前の男に投げつけていた。

狭い空間では棍棒を振るうより、素手のほうが機敏に動ける。同じ考えに至ったのか、宇静も長剣を鞘に戻している。

「き、妃のほうは殺すな！　生け捕りだ！」

混乱の中、頭目が叫ぶ。

依依は斬りかかってくる男から距離を取ると、剣を持ち上げられるより早く顔に蹴りを入れる。

斜めから雄叫びを上げて向かってくる相手には、くるりと身体を反転させて後ろ蹴りを喰らわせた。

「ぐっ、が！」

後ろで武器を手にしていた男も、巻き込まれて後方に吹っ飛ぶ。

（ひとり！　二人！　三人！）

男たちは次々と鍾乳洞を転がっていく。宇静に重い拳と蹴りを叩き込まれた連中も完全に伸びていた。鶺と比較すれば、赤子の手を捻るようなものであろう。

「くそっ！」

忌々しげに舌打ちした頭目が、剣を抜いて近づいてくる。

喉元に迫る白刃を躱そうとしたところで、依依は転がる男の背中を踏んだ。

ぐえっ、と沓の裏で変な音が鳴る。

「わわっ」

足がもつれて後ろに倒れる。残った前髪が一本だけ切られる。

あわや転倒するかと思われた依依の肩を、他の攻撃をいなしながら自身の背で受け止めたのは宇静であった。

耳の後ろで、彼の呆れたような声がする。

「いちいち危なっかしいな、楊依依《ヤンイーイー》」

「それはどう、も！」

軽く笑った依依は、宇静の逞しい肩全体にのし掛かるように、ぐっと体重をかけた。

驚いたらしい宇静だが、依依の狙いが分かったのか、その場に片膝をつけて屈んでくれる。

「とりゃっ！」

宇静の肩に右手をついた依依は反動をつけ、勢いよく後方に宙返りする。頭目の二撃目は呆気なく宙を斬った。

大道芸人のように変幻自在な動きをして、一瞬で二人は立ち位置を入れ替える。

突然、頭上から降ってきた依依に、宇静と向かい合っていた男が対処できるはずもない。無防備な頭に、依依は強烈な回し蹴りを決めて着地する。

「うぐ！」

頭目はといえば、急に眼前に現れた宇静に足を払われ、剣を落として尻餅をついていた。その腹に、宇静は容赦ない蹴りをお見舞いする。

これで、他に立っている者はいなくなった。

「とっとと縛るぞ」

「了解です！」

放り投げられた縄を受け取り、依依は手早く男たちを縛っていく。

八割方は意識ごと刈り取られているので、簡単に拘束できる。可哀想なことにまだ意識のある男らは、首の後ろをとんっとして脳を揺らしておいた。

「ご苦労だった。宇静、依依」

呻き声だけが響く鍾乳洞を、飛傑が優雅に歩いてくる。

彼をひとりにするのは心配だったが、身を隠している間、特に問題はなかったようだ。

といっても、飛傑も武術の心得がないわけではない。皇族といえども、狩りをしたり、武芸を披露する場があったりするので、最低限の武術は身につけているものである。

労せず仕事を終えたところで、複数人の足音が近づいてきた。

依依は着ていた上衣と裳を折りたたんで脇に隠す。その下には武官服を着ているのだ。髪の毛を頭巾と帽子に隠してしまえば、そこに立っているのは武官の楊依依である。

「皇帝陛下！　ご無事ですか！」

鍾乳洞に駆け込んできたのは、雄率いる武装した一団だった。

灼家、あるいは灼家に近い人間で構成されているのだろう。若い男が多く、そのほとんどが赤い髪をしているのは、なかなか壮観だった。

飛傑の左右を守るように宇静と共に立ちながら、依依は少しだけ緊張していた。

（親族勢揃いだわ！）

「遅い到着だったな、灼雄」

出迎える飛傑の物言いは冷ややかなものだ。

遅い到着も何も、遠く離れた南国からやって来て、悪党の根城にまで駆けつけたのだから、むしろ早すぎるような気がするし、そもそも雄は文官だし……といろいろ思った依依だが、口出しできるような場面ではない。大人しく黙っておく。

怪我のひとつもない飛傑を見て、安堵した様子の雄だが、すぐに表情を引き締める。

「皇帝陛下。このたびは申し開きもございません」

衣が汚れるのも厭わず叩頭《こうとう》する雄や配下を、飛傑は温度のない目で見下ろす。

「一応、言い訳は聞いておこうか」

「……灼家は、行方をくらました連中を密かに追っていました。しかし彼らは各地で目立つ動きをし、我らの目を分散しました。目撃情報を繋ぎ合わせたところ、紗温宮の方角に向かったと判明したため、参じた次第です。到着が遅れ、慚愧《ざんき》の念に堪えません」

雄の説明には淀みがなく、失敗を正当化しようとする気も感じられなかった。

心底申し訳なさそうに不始末を詫び、額を汚れた地面に擦りつけている。そんな雄を凝視して、飛傑が小さく息を吐いた。

「分かっている。武装して温泉宮に向かう許可を得るのに時間がかかったのだろう？　それこそ二心あるのかと、皇太后陛下は疑っただろうからな」

少しだけ、飛傑は雄の事情に寄り添うような物言いをした。

ここで必要以上に雄を罵るのも、得策ではないのだ。灼家を敵に回せば、宮城にとって大きな損失となる。内乱が起きれば、犠牲となるのは罪のない民である。

そもそも南王という扱いにくい郡王を南国に送り込んだのは、飛傑本人だ。雄ならば南王を御せるだろうと思ってのことだったが、その時点で雄には貧乏くじを引かせているともいえる。頭ごなしに罵詈雑言《ばりぞうごん》をぶつけることなど、できようはずもない。

「だが灼雄、忘れてくれるな。お前の失態を埋め合わせたのは、この陸宇静《リクユージン》と楊依依だ」

「……は。肝に銘じます」

雄が深々と頭を下げる。

「これで話は終わりだ。頭を上げよ」

「皇帝陛下のご恩情に感謝いたします」

雄たちが立ち上がる。依依はそのやり取りを耳にしながら、静かに息を呑んでいた。

飛傑が作った図式。依依たちが灼家に貸しを作った、という形について考えていたのだ。

（これ、かなり有効なんじゃないかしら……）

何かの契約を結んだというわけではない。単なる口上での貸しではあるが、あるとないでは大違いだ。その使い道には一考の余地があるだろう。

これは思いがけない拾い物だと、依依がそわそわしていると。

「なぜ、ここに灼純花がいるのだ。どうして……」

(んげっ)

鍾乳洞に、その声はよく響いた。

ぶつぶつと呟くのは頭目の男だ。どうやら意識を取り戻したらしい。

宇静がすぐさま首根っこを摑んで連行していくが、その内容は雄の耳にも届いていた。

「……灼賢妃？　どういうことです？」

「さて、な。霊山で惑わされ、おおかた白昼夢でも見ていたのだろうよ」

飛傑が肩を竦めて答える。

依依は雄の視線を感じた気がして、自然と人混みに紛れるようにして鍾乳洞を出た。

今日はあまり霧が出ていないようだ。見上げれば、朱色に染まった空に白い雲がたゆたっている。

襲撃者たちは、灼家によって次々と引っ立てられていく。

山を下っていけば、清叉軍も皇帝の帰りを今か今かと待ち構えているだろう。涼や牛鳥豚が援軍を送ってくれる手筈になっているのだ。

そうして集団で山中から抜け出ると、まず依依を出迎えてくれたのは栗毛の馬だった。

「嵐《ラン》ー！」

嵐じゃないのーとぱたぱた駆け寄る依依に、ひひん、と威勢のいい答えがあった。

鼻面を押しつけてくる愛馬の頸《くび》を、おーよしよしと依依は撫でてやる。

依依以外にはまともに扱えない暴走馬は、身体のあちこちが汚れていた。それに少し痩せてしまっている。依依が彷徨っている間、彼女もまたあちこちを捜して走り回っていたのだろう。

隣には宇静の愛馬の姿もあった。心持ち身体を小さくして主人を待っているので、依依は笑ってしまった。

最初に逃げてしまったのは今後の課題だが、こうして疲れた主人のもとに駆けつけてくれたのは偉い。とっても偉い。人参をあげたいが手持ちにない。

今までの失態を取り戻すかのように、乗って乗って、とせがんでくる嵐の背に、依依は跨がる。

隣に並ぶのは同じく乗馬した宇静だ。

飛傑は清叉軍が運んできた馬車に乗り込んでいる。その後方を守るように、灼家の面々がぞろぞろと続く。

依依は宇静と共に、集団の先頭を行くことにした。

枝に止まった小鳥がぴちぴちと鳴き交わす。かっぽかっぽ、と穏やかな蹄《ひづめ》の音を聞きながら、依依はゆっくりと息を吐いた。

今や、帽子や服はぼろ切れのようになっている。

「大変な数日間でしたね」

「……ああ」

宇静が深く頷く。ここに来て、無敵の清叉将軍にも疲労の色が見え始めていた。

だが目的地は、目の前まで迫っているのだ。

「でも将軍様、もうすぐですよ！」

依依が笑顔で指させば、宇静は目を眇める。

美しい夕空の下、待ち望んだ温泉宮の建物が見えてきていた。

第八章　二人からの告白

からんからん、と棍棒を取り落とす音が響く。

「――はい、また私の勝ちね」

手の中でくるくると棍棒を回し、華麗に操った依依《イーイー》は、そう宣言する。

地面に尻をつき、呆然としていた鳥が、ゆっくりと口を開いた。

「……大哥、ひとつ訊いてもいいすか」

「ん？　なに？」

「大哥と無事再会できたのは、ほんとに、ほんとに嬉しいんすけど――なんで温泉宮に来てまで、おれら訓練してるんすか!?」

そうだそうだ！　と牛豚が追従する。

ちなみに鳥の前に伸《の》された彼らは、未だ地面に転がっている。そんな三人を見下ろして、依依は肩を竦めてみせた。

「あのね鳥。今回、むざむざ襲撃されたのは私たちの失態よ。この失態を取り返すための訓練は、重要だと思わない？」

「でもその件については、陛下から褒賞がもらえるらしいっすよ！」

すぐに鳥が言い返してくる。まぁそうなんだけど、と依依は口をへの字にした。

今回、皇帝を守り通してみせたということで、清叉軍にはお咎《とが》めどころかご褒美までもらえることになったのだ。

（将軍様の弱い立場が、今回の功績で少し良くなるから……かしら）

それこそ飛傑《フェイジェ》の考えそうなことだ、と依依は思う。死人が出なかったのをいいことに、今回の事件を宇静《ユージン》の手柄として使うことにしたのだろう。

だからといって責任の大半を、灼家に被せた——というわけでもないらしい。

ただでさえ南王の裏切りによって、南国民はひどい憂き目に遭っている。国外に絹織品や食物を運ぶには、高い関税が課されるようになってしまった。

飛傑は無辜《むこ》の民に、追い打ちをかけるような真似はしなかったということだ。

「それに一日訓練をさぼるだけで、身体は鈍《なま》るのよ。取り戻すには三日かかるわ」

「鈍ってもいいいんで遊んで暮らしたいっす」

依依は鳥の頭に拳を落とした。大して力を込めていないのに、鳥は「いってー！」と絶叫し、地面を転げ回っている。

「訓練の辛さを知ってるくせに、阿呆なことを言うんじゃないの。一生、温泉宮で遊んで暮らせるわけじゃないいんだから」

「それはそうっすけどー！」

「どんなに疲れても、温泉に浸かれば一発で回復するんだからいいじゃない」

「いやっ、温泉にそこまでの劇的な効能はないと思うんすけど」

「口答えしなーい！　一に訓練、二に訓練、三四五に訓練よ！」

ひいいと悲鳴を上げる牛鳥豚を、依依は棍棒を手に追いかけ回す。

——それは依依が温泉宮に到着して、二日目の昼のことである。

昨日は食事を終えて眠ってしまった依依だが、今日からは清叉軍の訓練に合流していた。

といっても、清叉軍の主な役割は温泉宮周辺の警護である。持ち回り制なので、できるのは空いた時間で集まって棒を振り回すくらいだ。

その代わり、夜は温泉に入り、豪勢な料理に舌鼓が打てるのである。

依依に至っては小さな宮を貸し与えられて、自由に使っていいと言われている。宇静に次ぐ扱いの良さだ。

「せっかくなら灼家の皆さんも残って、訓練相手になってくれたら良かったのにね……」

依依にとって、その点は残念でならなかった。だが致し方ないとも言える。彼らは先に宮城に戻り、襲撃者たちを牢に入れる役目を買って出てくれたのだ。

（いつか雄様《シオン》と手合わせできる機会があるといいんだけど）

作った貸しは、もはやそのために使うべきだろうか、とか考えてしまう依依だが、首を横に振る。

これは切り札として取っておくべき手である。

「そういえば涼《リャン》。円淑妃って、あのあと大丈夫だった？」

山で別れて以来、依依は深玉《シェンユ》に会っていない。

元気で過ごしているならいいのだが、足を怪我していたし、温室育ちの淑妃にとって辛いことだらけだったはずだ。思い返すと、わりと元気だった気もするが……。

「ああ。それなら温泉宮に着くなり淑妃の女官が、ひどい、あんまりだ、って泣き出しちゃって大変だったんだ」

「そっか……」

（自分を庇って、主《あるじ》が馬車から転落しちゃったんだものね）

子桐《シャオトン》は気が気でなかっただろう。

深玉は彼女の命の恩人だが、それこそ何かが違っていたら深玉は命を落としていたのだ。無謀な真似をした主を責めたくなる気持ちは、依依にも分かる気がした。

「そうなんだよ。『私も楊《ヤン》くんと一緒に過ごしたかったのに、淑妃ばっかりひどいー！』って、わんわん泣いちゃって」

「――えっ、そこ⁉」

思いがけないところが怒りの焦点だった。

「あれには淑妃も度肝を抜かれてたよ」

そりゃそうだ。まさかそんな理由で責め立てられるとは夢にも思わなかっただろう。

思い出し笑いをしていた涼は、気を取り直すように言う。

「最終的にはごめんなさい、感謝してます、って泣きついてたけどな。淑妃はやれやれって感じで抱き留めてあげてた。びっくりするくらい、優しい顔してな」

「そんなことがあったのね」

そのやり取りを聞いていた鳥が、にやりと笑って涼を小突く。

「好青年。あのときお前、円淑妃のこと抱きかかえてたよなぁ。皇帝陛下の妃に手を出すなんて、反逆罪だぞ。国家転覆罪で捕まるぞー」

鳥は知っている単語を駆使して、涼を揶揄している。

「あれは、緊急事態だから……というか皇帝陛下からも許しを得てましたし」

涼は真っ赤な顔で否定する。珍しく焦っているのか、鳥にからかわれていると気がついていないようだ。

挙げ句の果て、怖々と依依に確認してくる。

「い、依依。やっぱり淑妃はいやがってたのかな。俺、まずいことしたのかも」

「うーん、そうね……」

その言葉に、依依は昨日のことを思い出す。

作戦を決めたあと、依依は衣を借りるために深玉を追った。あのとき、馬車の中で着替えを終えた深玉は、確かこんなことを言ってきたのだ――。


「ところで楊依依。……誰なの、あの武官は」

衣のお礼を言って引き返そうとした依依を、深玉は呼び止めてきた。

「え？　あの武官って？」

「あの爽やかな男よっ」

（爽やかな男……）

依依の頭から三人の顔が瞬時に消し飛び、ひとりだけ浮かんでくる顔があった。

「涼ですね。僕の同期です」

「……ふぅん。涼様、とおっしゃるのね」

「涼様？」

「なんでもないわよぅっ」

なんだか深玉の様子がおかしい。頬もまた赤くなっているが、やはり熱があるのだろうか。

「淑妃、もしかして熱が……」

「ふんっ、気安く触らないでちょうだい」

確かめようとした手を払いのけられた。

（涼に抱えられている間は、借りてきた猫みたいに大人しかったのに……）

と悲しく思っていたら、深玉が小さく呟いた。

「それと楊依依、ごめんなさい」

「……どうしたんですか急に。悪い物でも食べました？」

「違うわよ！　こんなことになるなんて思わなかったの。あたくしが、足が痛いなんて言ったせいで……本当にごめんなさい」

依依は目を見開く。

深玉は、依依が彼女を庇って怪我を負ったのを気にしているようだった。

「淑妃のせいじゃありませんよ。傷の手当てをすると言ったのは僕ですし」

「でもあなた、皇太后陛下にも皇妹殿下にも気に入られていないそうじゃない。場合によってはあたくし、首を斬られるかもしれないわぁ……」

ふふふ、と暗い笑みを浮かべる深玉。

そんなことにはならない、と言ってやりたい依依だが、皇太后についてはなんとも言えない。彼女は必要であれば、それがどんな手段であろうと選び取れる種類の人間だ。

「もしそんなことになったら、僕が二人を止めるのでご心配なく」

深玉はどこか唖然としている。

「……本気で、一武官風情が皇族の選択を止められると？」

「言い切ることはできませんけど。話せば分かってもらえます、きっと」

直接言葉を交わしたことで、彼女たちが話の通じる人だと理解している。……否、婚姻云々についてはまったく話が通じないのだが、それはそれである。

急に深玉が黙り込んでしまったので、依依は心配になって呼びかける。

「淑妃？」

「……あなたが皇帝陛下に重用されている理由が、ちょーっとだけ、分かった気がするわぁ」

深玉は返事を求めていないようだった。だから依依はそんな独り言については、聞こえない振りをする。

「それで、ちょっと気になっていたのだけど」

「なんです？」

「あたくしたち、どこかで会ったことなかったかしらぁ？」

ぎくりっ、と依依は肩を強張らせた。

依依は何度か、後宮で純花《チュンファ》の身代わりを演じている。その際に深玉とも顔を合わせている。

今まで多くの時間を共に過ごしながら深玉が気がつかなかったのは、洞窟の暗がりのおかげもあったのだろう。しかし、今はその恩恵がない。

「あ、ああ！　それなら市のときに、円秋宮で会いましたもんね」

意識して、喉の奥で低い声を出す。小鳥が囀《さえず》るような愛らしい声を持つ純花と異なり、依依の声はもともと低めだし、掠れている。

だが、深玉は騙されてくれなかった。ますます疑わしそうに依依を見ている。

「違うわょぅ。そのときじゃなくて……もっと前よ。どこだったかしらぁ？　ええと？」

深玉は記憶を探ろうとするように、うんうん唸って目蓋を閉じている。

このまま放っておいたら危ない。依依は全力で誤魔化すことにした。

「そういえば涼は、優しい女の人が好きらしいです！」

「なっ、なんですってぇ!?」

涼の名前を出してみれば、深玉の声がひっくり返る。

「りゃ、涼様があたくしを優しくて美しい妃だとおっしゃったの!?」

「いや、そんなことは特に……」

「そういう女子が、あの方のお好みってことね。そうなのね！」

深玉は頬を赤らめて盛り上がっている。

なんだかよく分からないが、依依の目論見《もくろみ》通り、深玉は記憶を探るのを忘れてくれた――。

（……なんてことがあったわね、そういえば）

「円淑妃、別に不愉快に思ってるような感じではなかったわよ。涼の名前を教えてくれってせがんできたし」

鳥肌が出たのか、涼は二の腕をさすっている。

「それって、いずれ報復するためとか？」

「違うと思うけど。……あー、助けてもらったお礼をしたいとかじゃない？」

依依は適当なことを言った。深玉が何を考えているかなんて依依に分かるはずがない。そんなものが理解できていたなら、洞窟での生活はもっと気楽だっただろう。

「お礼も何も、円淑妃を助けたのは将軍閣下と依依だろ？」

（まぁ、それはそうなんだけど）

深玉は宇静のことを怖がっている。それに依依には出会った頃からいやなものを感じているようなので、彼女から依依たちに感謝が告げられることはないだろう。

「……また、会えるかな」

涼が小さな声で何かを呟いたが、依依は聞いていなかった。引き続き、牛鳥豚の根性を叩き直すのに忙しかったのである。


その日の夜も、とにかく依依はたらふく食べた。

川魚のなます。金粉が散らばる羹《あつもの》。

とろ火で煮込んだ牛肉と卵の含め煮。蒸籠《せいろ》で運ばれてくる包子《パオズ》に小籠包《ショーロンポー》、馬拉糕《マーラーカオ》。

玉器に盛られた瑞々しい林檎をしゃくしゃくと白い歯で噛み砕き、酒杯を味わったところで、依依はふーっと満足げな息を吐く。

「温泉宮、最高だわ……！」

とにかくごはんがおいしすぎる。お願いすると際限なく運ばれてくるので、依依としては永遠に食べていられる気がする。

（ひとりなのは、ちょっと寂しい気もするけど）

依依は、みんなで集まってわいわいがやがやと食事するのが好きだ。しかしこの宮に、清叉軍の仲間たちは呼ぶことができない決まりである。

少しだけしんみりしたところで、ふと思い立つ。

「そろそろ温泉に行こうかしら！」

行李《こうり》を開いて替えの衣を用意したところで、はたと気がつく。

「そうだったわ。温泉に入る前は甘味を食べて、栄養を補給しないといけないんだっけ」

補給も何も食事を終えたばかりの依依なのだが、顔よりも大きい月餅をもぐもぐと二つ食べてから部屋をあとにする。

温泉宮には数多くの温泉があり、それぞれ泉質や効能が違っている。依依は昨日の間に、立ち湯、美人湯、寝湯などを回っていた。

温泉の効果もあってか、左腕の傷はほとんど治りかけていた。それに大自然と紅葉に囲まれて浸かる湯は、想像以上に心地よく、すっかり虜になっている自覚がある。

「んー、今日はこっちに行ってみようかしら」

せっかく巡り湯が楽しめるのだから、昨日とは違う温泉にも入ってみようと思い立つ。宮ごとに温泉の区画は分かれているそうで、自分の部屋から向かえる温泉であれば、どこでも好きに入っていいと女官から言われているのだ。

まずは更衣場で衣を脱いでいく。

入浴用の薄衣だけをまとい、大量の卵を入れた籠を手にすると、依依は竹藪に囲まれた石造りの階段を下りていく。

「ふんふんふーん、作っちゃうわよ温泉たーまごー」

気分がいいので、自然と鼻歌を歌いながら、依依は湯殿に続く両開きの扉をがらりと開いた。

大量の湯気に包まれてかけ湯をし、髪と身体を洗ってから風呂へと足を向ける。

ここは大きな岩風呂になっているようだ。乳白色のにごり湯を、ちゃぷちゃぷと両足で掻き分けて進んでいく。

ちょうど真ん中あたりまで来たところで、依依はゆっくりと腰を下ろした。

「ふぃー、極楽極楽ぅ……」

老人のような息を吐いて、肩まで湯に浸かった依依はうっとりと目蓋を閉じる。

先帝たちが政務をほっぽり出して自堕落な時間を過ごした理由も分かろうというものだ。一度この極楽浄土を味わってしまえば、抜け出すのは容易ではないだろう。

湯煙で曇る空を見上げて、依依は呟く。

「またいつか、純花と二人で来られたらいいなぁ……」

温泉宮のように、豪華な温泉でなくていい。観光客が集まる温泉街を一緒に回ったりとか、そういうささやかなものでじゅうぶんだ。

そんなことを思いながら、依依は籠ごと卵を温泉に浸ける。つやつやと光る卵を、にこにこしながら眺める。

「卵ちゃんたち。全部、私がちゃーんと食べてあげるからね」

そのときだった。卵に話しかけていた依依の耳が、思いがけない音を拾った。

「……ん？　足音？」

しかも二人分だ。

まさかここで人に会うことになるとは思わず、依依は焦る。ほろ酔いのいい気分は一瞬にして醒めていた。

（こ、この宮、他の宮の温泉とも繋がってるの？）

今のところ誰とも会ったことがなかったので、てっきり貴人の温泉とは繋がっていないと思っていたのだ。

果たして誰だろうか。依依は岩陰に身を隠して、目を凝らして観察する。

そうして湯煙の中、姿を現したのは――。

（こ、皇帝陛下と将軍様ぁっ？）


思わず悲鳴を上げそうになって、両手で口元を押さえる。

なぜこの二人が……と仰天する依依だが、そういえば扉の真横にあった案内の看板に、何か書いてあったような気がする。

（そうだ、確か……）

大して注意を向けなかったそこに何が書いてあったのか、ようやく依依は思い出した。

――そう、混浴温泉。

考えてみれば、それが用意されているのは当たり前のことであった。

体裁もあるので、皇帝や妃はそれぞれ別の宮に泊まったのだろうが、外で、しかも一糸まとわぬ姿で逢瀬を重ねられる絶好の機会を、色惚けした彼らが見逃すことはなかっただろう。

ここで落ち合って、余人に邪魔されない時間を楽しんだはずだ。先帝に至っては、入り浸りだったのではなかろうか。

温泉に罪はないが、依依は心底思う。

（すっごく出たくなってきたんだけどー！）

だが出入り口に向かおうにも、温泉の構造からして必ず察知される。

こうなっては仕方がない。二人が去るのを待ってから出て行くしかないだろう。

依依は気配を殺しつつも、なんとなく手持ち無沙汰で、二人のほうに目を向けてしまう。

二人とも長い髪を解いているので、いつもと印象が違う。揃って全裸ではあるが、腰にきっちり布を巻いているので、依依は狼狽えずに済んでいた。

容姿が似ている二人だが、服を脱ぐと、その違いは一目瞭然だった。

がっちりとした肩幅、鍛え上げられた腹筋。あちこちにある古傷と、宇静は武人らしい体つきをしている。

(さすが、将軍様はいい身体だわ。強靭な肉体だって一目で分かる)

飛傑のほうは、傷ひとつない滑らかな身体をしている。筋肉量としては宇静に及ばないが、その引き締まった美しい裸体は多くの女人の目を奪うことだろう……。

(って、二人の筋肉を観察している場合じゃないのよ)

依依は顎先までお湯に浸かり、息を殺す。気配に鋭敏な宇静相手だと、この距離では気づかれる可能性がある。用心するに越したことはない。

「皇帝陛下。なぜ混浴風呂なぞに……」

「先帝が遊びほうけたという場所を、一度自分の目で見ておきたくてな」

なるほど、そういう理由だったのかと依依は納得した。深玉や桂才《グイツァイ》と待ち合わせてて、とか言われなくて良かった。その場合、明日から飛傑を見る目がちょっと変わってしまいそうなので。

だがしかし、と依依は思う。

（早く出て行ってくれないかしら）

飛傑の目的はすでに達成されたはずだ。さっさとこの場を立ち去ってほしい。

そんな願いはむなしくも届かず、飛傑は湯に入ってきてしまった。

それに宇静も困惑顔で続く。二人が距離を置いて、それぞれ腰を下ろしたところで、いよいよ依依は危機を悟った。

ふぅ、と熱っぽい息を吐いた飛傑が、おもむろに首を傾げる。

「宇静。そなた、ほしいものがあるのではないか？」

（しかもなんか、話し始めちゃった……）

これは長風呂の予兆ではないだろうか。

依依の頬を冷や汗、ではなくただの汗が流れ落ちていく。

全身が熱い。でも今さら、お湯から上がることはできない。依依は唇をぎゅっと噛み締め、我慢、我慢、と心の中で唱える。

「申してみよ」

「私がほしいと駄々をこねれば、陛下は自分のほしいものでも譲るおつもりですか」

「そなたには、その権利があるからな」

依依は思い出す。皇位が半分に分けられるものであったなら、あるいは飛傑は――と、宇静が憂《うれ》えていたことがあった。

そんな彼の懸念は、やはり当たっていたのかもしれない。飛傑が宇静に対して抱く、罪悪感に近い感情は、依依では測り得ないほど並々ならぬものなのだ。

しかし宇静は、あっさりと首を横に振る。

「何もいりません」

それから彼は、飛傑に目を向けた。

「私がほしいものは、そもそも陛下の持っているものではありませんから」

「……っ……！」

望めば、あらゆる金銀財宝が手に入る。得られないものは何もない。それが天子というものだ。

しかし宇静は、飛傑が持っていないものがほしいのだと口にした。

ここが朝廷であれば皇帝を侮辱していると取られかねない、危険な発言だ。無論、人の目や耳がないからこそ、宇静は言ってみせたのだろうが。

「……手厳しいことを言う」

飛傑が指先で湯を掻く。

水面《みなも》に映る自分を睨みつけるようにして、飛傑は小さな声で語る。

「余は皇帝になぞ、なりたくなかった。だが母に逆らうこともできなかった」

「皇太后陛下もまた、大切なものを守るために必死だったのでしょう。ですが陛下は、今後も母親の傀儡《かいらい》として生きるおつもりなのですか？」

「……それはずいぶんな言い草だな」

「兄上」

お湯の揺れる音で、飛傑が身動《みじろ》いだのが分かった。宇静が兄と呼んだからだ。

もしかするとそれは二人にとって、十数年ぶりに交わされる兄弟としての会話だったのかもしれない。

「恋とはすなわち戦い、なのだそうですよ」

「……偉人の言葉か？」

「そうです。恋華宮《レンカキュウ》に住む偉人です」

喉の奥で飛傑が笑う。

「瑞姫《ルイヂエン》は余ではなく、宇静の味方だからな」

「いいえ。これからは俺だけの味方はできないそうです」

飛傑が弾かれたように顔を上げれば、宇静は正面から見つめ返す。

そんな二人を、依依は息を呑み、見つめていた。

「あれがそう言ったのか」

「はい。正々堂々戦え、と」

頷く宇静の顎先を、ぽたりと水滴が垂れていく。

「俺のせいで、兄上が気を揉んでいたのは分かっています。瑞姫や皇太后陛下も同じでしょう。しかし今の俺は、昔のように非力な子どもではない。俺を憐《あわ》れむのは、もうおやめください」

「……そう思わせていたのは、余の落ち度だな」

横顔に張りついた長い髪を掻き上げて、飛傑が眉尻を下げる。

口元を緩ませて微笑む飛傑は、少しだけ重荷を下ろしたように見えた。

「分かったよ、宇静」

短い返事だった。

けれど吐息の柔らかさや、少しだけ弛緩した雰囲気がお湯を通して伝わってきて、依依はほっとする。

なんの話かはよく分からない。分からないなりに、依依は良かった、と思う。

今まで二人は近くにいても、兄弟として話すことはほとんどなかったのだろう。

親族であっても――むしろ親族であるからこそ、足を引っ張り合い、相手を蹴落とそうとする。

そんな宮城という特殊で寂しい場所が、それを許さなかったからだ。

きっかけとなったのは、温泉宮に辿り着く前の一連の出来事だろうか。二人は近くで、他人を挟まずに多くの時間を過ごした。複雑な関係を揶揄する者がいない空間で、多くの言葉を交わした。

だからこそ飛傑は、人気《ひとけ》のない混浴風呂で弟と話す時間を作り、宇静はそんな兄の意思に応えた。

はぐらかさずに本音を伝えたのだ。

(本当に、それは良かった。……んだけど)

熱い湯の中に姿を隠し続けるのは、無謀だった。二人が姿を見せた時点で、「すみませーん」と呼びかけていたほうが良かったかもしれない。

否、裸の依依が申し訳なさそうに去ったあとに、このように腰を据えて落ち着いた話はできなかっただろうが……。

(もう、さすがに限界!)

ふらつきながら依依は立ち上がる。ぱしゃ、と勢いよく湯が跳ねた。

「誰だッ」

鋭く誰何《すいか》するのは宇静の声だ。

名乗ろうとした依依だが、唇までふやけたのか言葉が出てこない。

湯煙が晴れていけば、宇静が瞠目している。飛傑もまた唖然としていた。

「なっ……依依?」

「ふんにゃ……」

返事をしようとしても、ろれつが回らない。

すっかり逆上《のぼ》せて全身を真っ赤にした依依は、ふらふらして、お湯の中に倒れそうになる。

その手を、誰かが受け止めた。そこで依依の意識は途切れていた。

（……冷たい？）


茹だるように熱い額に、そっと触れる何かに、依依は気がつく。

何度も慈しむように、優しく肌を撫でてくる。どうやらそれは誰かの指らしい。

誰だろう、と依依は考える。林杏《リンシン》か明梅《ミンメイ》か。それとも純花だろうか。反射的に浮かべた顔はどれも後宮で留守番をしている少女のものばかりだったので、当たることはなかったが。

うろうろ目を開いて確認してみると、指先の持ち主は飛傑であった。

目が合うと、静かに目を細める。依依はゆっくりと息を吸って、率直な感想を述べた。

「陛下の手、冷たくて……気持ちいいです」

それが幼子のような感想だったからだろうか。ふ、と飛傑の口元が綻ぶ。

「そなたのせいだぞ。せっかく温泉で温まっていたのに、倒れるそなたを見て肝が冷えた」

「それは、すみません」

重い身体を起こそうとするが、飛傑に止められる。

どこかと思って寝転んだまま見回してみれば、依依に宛《あて》がわれた部屋だ。

依依は備えつけの寝台に寝かされていたらしい。

華燭が照らすだけの室内は薄暗い。ご丁寧に、頭の横には取っ手つきの籠が置いてあった。中には卵が入りっぱなしになっている。

(う〜、私の卵ちゃんたち……)

手を伸ばす依依だったが、その手は飛傑に搦め捕られてしまう。

「宇静が厨房に氷水を取りに行っている。すぐに戻ってくるだろうから、大人しくしていろ」

「でも私、お腹が空いちゃいまして……」

言いかけた依依は、重要なことに思い至る。

混浴温泉で倒れたとき、依依は裸に薄衣をまとっただけの格好だった。

しかし今の自分を見下ろしてみると、濡れていた髪は乾いている。服だってきっちり着替えて、衫《さん》をまとっていた。

逆上せて倒れたのに、無意識でそんな風にできたとは思えない。となると飛傑か宇静が、手ずからそうしたということになるが——。

「陛下が、ここまで運んでくれたんですか?」

「ああ、そうだ」

「あの……そうなると……私のこ、衣は、誰が着せたんでしょう」

目線を泳がせながら問いかけると、飛傑が噎《む》せるように咳き込んだ。

珍しいことに少し動揺したらしい。依依の手を取ったまま、彼はぽつぽつと言う。

「……仙翠《シエンツイ》を呼び、髪と身体を拭かせた。その際に着替えさせているから、余と宇静は何もしていない」

「そうなんですね、ありがとうございます」

依依はその言葉に安心した。

(じゃあ、何も見られてないわけね！)

良かった、と安堵の溜め息を吐く。

しかし飛傑は「何もしていない」と言っただけで、「何も見ていない」と言ったわけではない。

飛傑たちが救出したとき、濡れた薄衣は依依の肌にぺったりと張りついていた。何も見ない、というのは不可能だったのだが――まだ全身に熱の残る依依は、そこまで気が回っていなかった。

「ところで温泉での話、聞いていたのか」

依依の笑顔が固まる。

盗み聞きしようと目論んでいたわけではないが、結果的には一から十まで耳にしてしまった。

「……はい。聞いちゃいました」

「内容は覚えているか？」

「ええっと、将軍様にほしいものがあって、瑞姫様は味方じゃなくなって、それぞれ信じるもののため戦おう、みたいな話だったような……」

「戦争か何かの話か？」

確かに、なんだか依依がまとめると物騒な感じになっている。温泉で話す二人は、別段そんな雰囲気ではなかったのに。

「すみません。あんまりはっきりとは記憶してなくて……」

なんせ依依は逆上せる寸前だったのだ。

途中から、熱い、熱い、熱ーい！　としか考えていなかった。本当に熱かった。死ぬかと思った。温泉は好きになったが、たまに身体を冷まさないと茹で上がるのだと実感した。

そうか、と頷いた飛傑が話を変える。

「依依。そなたが鴆毒を吸ったとき、薬を口移しで飲ませたのは誰だと思う」

「え……」

あまりに唐突な問いかけに、依依は目を丸くした。

飛傑は感情の読めない顔で、横になっている依依を見下ろすだけだ。

繋いだままの手は、気がつけば依依の体温が移って温かくなっている。妙な気恥ずかしさを覚えて、依依はふいと視線を逸らした。

真剣な飛傑の双眸を、見ていられなかった。

「皇帝陛下、だったんですか？」

わざわざ確認してくるということは、きっとそうなのだろう。

「どちらなら、良かった」

「っ」

さらに重ねて問われれば、依依は驚いて硬直してしまう。

「……わ、分かりません、けど」

「もっとよく考えろ」

（何それ！）

依依は暴れ出したくなる。

なぜ、そんなことを飛傑は訊ねてくるのだろう。

どちらが良かったも何もない。緊急時だったから、その人物は依依に薬を飲ませてくれた。それだけのことなのだ。

だが飛傑の瞳が、この場から遁走《とんそう》することを許さない。困惑した依依は、頬を掻いた。

「私のことからかって、遊んでます？」

「そんな風に見えるのか」

眉根を寄せる飛傑は、どこか悲しそうだった。見える、と素っ気なく返すのを躊躇うくらいに。

「あれは、宇静だ」

「えっ――」

そう告げるのと、ほとんど同時だった。

飛傑が湯呑みの水を、ぐっと飲み干す。

後頭部を摑まれたかと思えば、依依の唇は塞がれていた。

「むっ――」

何が起こったか分からず、頭の中が真っ白になる。

こくん、と喉を滑り落ちていくのは水の感触だ。口移しで飲まされるその液体が冷たいのか、熱いのかすら、依依には分からない。

最後に、惜しむように下唇を食んで、ゆっくりと唇が離されていく。

飛傑は壊れ物を扱うような手つきで、再び依依を布団に寝かせた。

触れ合っていたのは、そう長い時間ではなかったはずだ。それなのに依依にとっては、永遠に等しく感じられた。

飲み込みきれなかった水が一筋、依依の唇から顎にかけて滴り落ちる。濡れた顔を袖で拭いがてら、飛傑が口を開いた。

「これも、同じだが」

薬を口移しで飲ませたのとまったく同じなのだと、飛傑は言い張る。

「依依、どちらのほうが嬉しかった？」

そのくせ、そんなことを気にして首を傾げてくる。

黒檀の髪が彼の肩を滑り落ちて、依依の頬を撫でる。そのくすぐったい感触に、依依は身動ぎすることすらままならなかった。

「……少し意地悪しすぎたか」

困ったように飛傑が微笑む。

というのも、依依は口を半開きにしたまま、完全に固まっていた。理解の範疇を超えた出来事に、頭が回らず放心している。

そんな依依の濡れて光る唇に、飛傑の指先が触れる。そうして彼は愛おしげに囁いた。

「そなたは、本当に可愛い」

（かわっ……）

いよいよ依依は白目をむいた。

前にもそんなことを言われた気がする。いや、あれは聞き間違いだったか。どっちだったか。

先ほどから飛傑は何を言っているのだろう。そもそもどうして、接吻をされたのだろう。

考えがまとまらないままの依依に、さらに飛傑は畳みかけてくる。

「余の妃になってくれ、依依」

「き…………」

とうとう依依は二の句が継げなくなった。

全身の力が抜けていく。度を超えた意地悪は、まだ続いているのか。そう思いたいけれど、飛傑の目元はほんのりと赤く染まっている。冗談だと笑い飛ばすには、今の彼は真面目すぎたし、余裕がなかった。

本気なのだ。

何が何やら分からないが、飛傑はどうやら本気で、依依を妃にと望んでいる。

「そ、れは……」

「それは？」

「無理です」

次に言葉を失ったのは飛傑だった。

だが彼のほうは、拒絶を覚悟していたのだろう。美しく整った顔を歪めながらも、理由を問うてくる。

「余のことは、嫌いか」

「嫌いとか好きとか、そ、そういうことじゃなくて……っ、だって陛下は、純花の夫じゃないですか」

姉妹揃って娶っちゃった男の話、みたいな与太話は聞かないでもないが、依依個人としては理解しかねる感覚である。

ふむ、と顎に手を当てた飛傑が事もなげに言う。

「なら、灼家に灼賢妃を返せば解決するな」

「なんてこと言うんですか！」

依依は愕然とする。

深玉も口にしていたことだ。後宮を辞するとき、上級妃は家に戻されるか、官吏に下賜されるかの二択しかない——と。

飛傑は純花のことを、冷たく切り捨てるつもりなのだろうか。

いくらなんでもひどすぎる。責めるような目で見つめれば、飛傑は咳払いをした。

「誤解だ。むしろ返すと伝えれば、灼家は大喜びだろう。現当主も雄も、灼賢妃のことを気にかけているからな」

「へぇ……」

初耳であるし、朗報でもあった。わざわざ後宮まで雄が会いに来ているのは気になっていたが、彼らはそれだけ純花のことを気にしてくれていたのかと、依依は少し嬉しくなる。

しかし、それなら大丈夫です、なんて問題ではない。

「って、そもそも私に妃なんて務まりません。楽器も舞踊もできないし、刺繍とかも無理だし、女の子らしい趣味はひとつもないし」

指折り数えて、依依はそう主張した。

依依が得意とするのは武芸一本である。あと乗馬。あと大食い。

「立派に灼賢妃の身代わりを務めていたではないか」

「あれは一時的だったから、なんとか誤魔化せただけで……っていうか、そうじゃなくて！」

興奮した依依は上半身を起こし、唾を飛ばすくらいの勢いで言い放つ。

「私はですね、最終的に、純花と仲良く田舎で畑を耕して暮らすのが夢なんです！　妃になんて絶対なれません！」

この反論に、飛傑は意外にも頷いた。

「そうだな、後宮での暮らしには自由がない。そんな生活に、そなたは耐えられないだろうし……余も、そなたを籠の鳥にしたいわけではない」

静かに呟く飛傑に、依依ははっとさせられる。

妃嬪の比ではない。皇帝の生活はいつも他者によって見張られ、制限されている。貴い身は、自由に外を出歩くことさえ許されていない。

誰もが皇帝を前に額《ぬか》ずく。天子だと崇める。

だが飛傑自身が口にしていたではないか。そんな立場の存在に、なりたいわけではなかったと。

「ごめんなさい。私、そんなつもりじゃなくて」

「同情してくれるなら、余の傍にいてほしいのだが」

何かがおかしいのに気がつき、依依は押し黙った。

これでは飛傑の思う壺である。

思った通り、飛傑は噴き出して目尻を拭っていた。

「っふ。すまぬ、そうしおらしくなられても困るな」

「……やっぱり私で遊んでますよね？」

同情心を煽ってからかうとは、とんでもない男だ。

くすくすと楽しげに笑ったかと思えば、飛傑が依依の頬に触れてくる。

「否定はしない。……だが安心したのも本当だ。諸々の反応を見るに、考えていたより、脈なしというわけではないらしいから」

「……は」

「急かすことはしないが、考えておいてくれ」

言いたいことはすべて言ったというように、満足そうに飛傑が立ち上がる。

振り返らず、さっさと退室していく。その背中を呆然と見送った依依は、また寝台に寝転がった。

「……はあぁ」

深い溜め息を吐き、顔を両手で覆う。

(混乱しすぎて、いちばん気になったこと……訊けなかった)

ごろりと横になった依依は軽く唇を噛んで、拗《す》ねたようにぽつりと呟く。

「私のどこを、好きになったのかしら……」

上品な妃ばかり見たから、辺境育ちの小猿が目に留まっただけだろうか。

だがそんな理由で納得するには、飛傑の瞳はあまりに熱っぽかった。それこそ、依依の全身を火照らせてしまうくらいに。

「寝よう」

寝て忘れることはできずとも、やっぱり睡眠は大事なので。

とりあえず、依依は布団をかぶった。悶々としていたけれど、意外に早く、意識は闇の中に落ちていった。


額に、濡れた布巾が載っている。

宇静が持ってきてくれたものだろうか。ぐーすかと寝ていて、悪いことをしてしまった……と反省しながら、目を覚ました依依は寝台の上を転がる。

「うー」

窓の外が白んでいる。今は、いったい何時だろうか。

上った血は下がってきたようだが、まだ頭が痛い。ずきずきと痛む側頭部を押さえて、依依は呟く。

「……卵、食べたい」

どんなに体調が悪くても依依の胃は空腹を訴える。

いかなときも食べることこそ回復への近道なのだ。滋養強壮というやつである。

「でも、だるいい」

卵の殻をぺりぺりと剝いていく作業は、別に嫌いではない。むしろ白く艶やかな白身が少しずつ見えてくる喜びがある。

しかし今は身体がだるくて、のんびりと剝いていくのも手間に感じられる。

「だめよ依依。働かざる者食うべからず、よ……」

意味合いとしてはちょっと異なっている気がするが、依依は自身を奮起させて、脇台に置かれた籠へと手を伸ばす。

「依依」

しかしそのとき、部屋の外から物音と、名前を呼ぶ声がした。

手の動きを止めて、依依は布団の中で首を動かす。衝立《ついたて》の向こうから姿を現したのは、桶を持った宇静だった。

「起きていたか」

「……将軍様？」

ぼけっとしている依依を一瞥した宇静が、桶を布団の近くに置く。

からら、と中で氷が揺れる。それだけで空気が冷えたような感じがする。どうやら氷が溶けてしまったから、新たに運んできてくれたようだ。

胡座をかいた宇静が浸していた布巾を絞り出したので、依依は慌てて声を上げた。

「すみません、自分でやります」

「いい。まだ体調が悪いんだろう。部下を労うのも上官の仕事だ」

宇静はそう言うけれど、牛鳥豚が夏風邪で寝込んだとき、彼が見舞いに来た覚えは一度もない。

（相手が私、だから？）

それは依依の自惚《うぬぼ》れなのだろうか。

それとも出会った当初より少しずつ柔らかい態度を見せる宇静が、そう思わせてしまうのだろうか。

（ていうか女だから、かも）

その結論に至ると、ちょっとむかつく。

だが逆上せてひっくり返ったのは事実なのだし、ここで反発する姿勢を見せるのは間違いだと、依依にも分かっている。結局、宇静が優しさで動いてくれているのは本当のことなのだから。

落ち着かない気持ちながら大人しくしていると、宇静が問いかけてくる。

「水は飲んだか」

唇に、感触がまだ残っている。……ような気がしないでもない。

反射的に唇を指でなぞっていた依依は、赤い顔で肯定した。

「す、少しは飲みました」

「まだ飲むか？」

言われてみれば、喉がひどく渇いている。

宇静は湯呑みに移そうとしたが、依依は寝台の脇に置いてある水差しごとぐびぐびと飲んだ。一気飲みした。

「どれだけ渇いていたんだ」

呆れた口調で言われるが、湯呑みに口をつけていた飛傑を思い出したのだから、依依としてはどうしようもない。

「腹は減ったか」

「……かなり空腹です」

「卵は？　食べられるか？」

依依は、こくりと頷く。

すると宇静がとんでもないことを宣った。

「俺が剝いてやる」

（えっ、なにゆえ？）

何かの冗談かと思ったが、宇静は真剣な顔をしている。

籠に積まれた卵をひとつ手に取る。剣だこのある骨張った指は、存外きれいに卵の殻を剝き始めて、ぽいぽいと屑籠《くずかご》に捨てていく。

依依は横目で、見るとはなしにその様子を眺めていた。

「口を開けろ」

身体を起こして、大きく口を開けてみる。

丸ごと食べたら喉が詰まると思ったのだろう、宇静は少しずつ温泉卵を食べさせてくれた。

もはや温泉卵というか、単なる茹で卵である。それでも、おいしいのは変わらない。

「うまいか」

「……はい。とっても」

もきゅもきゅ、と依依は卵を頬張る。

卵だなんて贅沢品を、依依は清叉寮に入ってから初めて食べた。温泉宮ではこうして、籠いっぱいの温泉卵だって、たらふく食べることができる。

(しかもなぜか、上司に殻を剝いてもらって……)

宇静がほのかに笑う。小さな笑みは、空気に溶けるように消えていく。

「まるで餌づけのようだな」

「私のこと、野生動物か何かだと思ってます？」

「似たようなものだろう」

まぁ、否定はできない。そこらの野生動物より凶暴な自覚もある。鴆よりはましだと思う。

依依は大人しく、咀嚼を続けることにした。

――そうして気を抜いていたからか、がぶっと一撃。

あっ、と依依が思ったときにはもう遅い。

「いッ」

卵ごと指を噛まれて、宇静が押し殺した悲鳴を上げる。

「ご、ごめんなさい将軍様。大丈夫ですか？」

「…………」

俯いて人差し指を押さえる宇静から返事はない。相当痛かったのだろう。

そんなに強く噛んだつもりはなかったが、まさか血が出ているのでは。青ざめる依依だったが、
宇静はゆっくりと息を吐いて、顔の前で手を振る。

「……いい。平気だ」

「でも――むぎゅっ」

唇に卵を押しつけられる。いいから食え、ということらしい。

また、依依は口を動かす。静かな空間には、依依の咀嚼音だけが響いている。

「将軍様。どうして急に私に餌づけを？」

ひとつの卵が食べ終わったところで、依依は訊ねてみた。

依依の知る陸宇静《リクユージン》は、部下をこのように甲斐甲斐《かいがい》しく世話するような人ではない。もし涼や牛鳥
豚がこの光景を目にしていたら、幻覚か何かかと怯えていたことだろう。

（拾い食いでもしたのかな）

そう心配していたら、宇静がなぜか恨みがましい口調で言う。

「……お前が言ったんだろう」

「私、何か言いましたっけ」

まったく心当たりがない。

ごにょごにょと、小さな声で宇静が言う。

「疲れたときは、食べさせてほしいと思うとか、どうとか……言っていただろう」

その答えに依依は仰天した。

次いで真っ赤になる。まさか本心からの言葉だと誤解されていたとは。

「あ、あれは……っ、円淑妃の視線が怖かったから言っただけです！」

狼狽えながらも理由を話せば、宇静が眉間に皺を寄せている。

「なら、俺がやったことは迷惑だったたか」

「でも、ううん、その……わ、悪くはなかったですけど」

身体だけでなく心ごと、甘やかされて、優しくされている感じがした。

「そうか。ならいい」

今日の宇静は、なんだか夢幻のように穏やかである。

今なら訊ける気がした。いや、今を逃したらもう無理だ。

ごくりと唾を呑み込んだ依依は、その問いを放っていた。

「将軍様は、どうして私に口づけたんですか？」

時間が止まったのかと錯覚するほど長く、宇静は沈黙した。

ぴくりとも動かない彼が、思い出したように喉の奥で咳をする。そのとき、依依の肩も緊張から震えてしまっていた。

「……覚えて、いたのか」

「いえ、違います！　皇帝陛下に教えてもらったんです」

わたわたと依依は訂正する。

毒で朦朧《もうろう》としていた依依は、男性に口づけられたことしか覚えていない。

(でも、今になって思い返すと、将軍様だわ)

あの力強く逞しい腕は、やはり宇静のものだったのだろう。

宇静はしばらく黙っていた。この話題を口にしたことを依依が悔やむほどの長い沈黙を経て、彼は口を開いていた。

「あのとき、本当は……兄のほうが、お前を助けたかったのだと思う」

「え？」

「お前は自覚していないのだろうが……鴆毒を嗅いだお前は、一気に死人のような顔色になった。目の焦点が合わず、立っていることもできなかった。俺も兄も、あのとき、お前が今すぐ死んでしまうと思ったんだ」

　自分では、じゅうぶんな余力があると思っていた。薬を差し出されたら、自分で飲むことくらいできるのに、と。

　だが実際は、本当に死んでしまいそうだったのだ、と宇静はどこか弱々しい声で言う。

「俺のほうが、ほんのわずかに早かった。兄は、薬を口に含もうとして躊躇ったからだ。皇帝としての立場が、あの方を躊躇わせた」

　依依が煎じた薬を口にして、何かあったら。

　あるいは何かの間違いで依依から毒が移り、己まで毒に侵されてしまったら――そう考えたとき、飛傑は動けなくなったのだ。

　あの日、自分が知り得なかったすべてを知って、依依はぺこりと頭を下げた。

「将軍様、教えてくださってありがとうございます」

　無論、依依に飛傑を責めるつもりは毛頭ない。宇静も、そんなつもりで伝えたわけではないだろう。

（でも、頭に刻んでおくべきだわ）

　飛傑は依依に、妃になってくれと言った。

　けれど彼は依依が命の瀬戸際に立ったとき、迷った。それが、この国を背負って立つ飛傑の、皇帝としての覚悟なのだ。

彼は何も間違っていない。

だからこそ、どこまでもまっすぐで、どこか歪んだ生き方を理解できないなら――依依はこれから先、飛傑の隣にいることはできないだろう。

(もし、また同じことが起こったとして)

そのとき、飛傑は依依を救わない。

依依だけではなく、己以外の誰にも、手を差し伸べない。その事実をはき違えてはいけない。

依依の頭の奥で、四年前の記憶が甦る。

若晴《ルオチン》は多くのことを依依に教えてくれた。教わることばかりの毎日だったけれど、あの言葉は、その中でも特に強く依依に刻まれている。

(護衛対象を、理解すること)

若晴の教えは、今にも通じている。

自分の心さえ不透明で困惑している依依だ。他人を完全に理解することは、それ以上に難しい。飛傑のように特殊な立場に置かれた人が相手では、余計にそうだろう。

「でも皇帝陛下はともかく、将軍様は私のことをなんとも思ってないのよね」

依依が漏らしたのは、頭の中を整理するための独り言だった。

飛傑には好意を抱かれている。求婚もされている。しかし宇静は、そうではない。

いろいろと思わせぶりなことを飛傑に言われたせいで、依依は少なからず宇静のことを意識していたが、そちらについては単なる誤解だったのだろう。

そう思い込もうとした依依の頬に、影が差す。

気がつけば依依は、宇静によって寝台に押し倒されていた。

「言っただろう、楊依依。俺はほんのわずかに早かった、と」

「……はい？」

「兄の躊躇は一瞬だった。俺はその隙をついて、お前に口づける権利を奪い取ったといえる」

まだ、依依は宇静の言葉の意味に追いついていない。

しかし見下ろしてくる美丈夫の頬の色は赤い。見間違えようがないほどに、赤いのだった。

「それでようやく自覚した。俺はどうやら、お前のことが好きらしい」

「……将軍様が？　私のことを？」

「そうだ」

「私のことを？」

「だから、そうだと言っているだろう……」

何度も確認されて、宇静は眉を寄せている。

少し上体を起こすと、落ち着きなくがしがしと頭を掻き、視線を彷徨わせる。貫禄ある将軍とは遠く離れた振る舞いに、依依はぽかんとしてしまう。

「でも、あの、ど、どうして私を」

「自分でも正直よく分からん。女子に惚れたことなど、今までに一度もないしな」

「ええっ、そうなんですか？　一度もないんですかっ？」

ぎろりと睨まれた。目元が赤く染まっているので、まったく迫力はないが。

「それにお前は破天荒すぎる。この香国を歩き回って隅々まで探しても、お前のような女子は他に見つからないだろう」

「……悪かったですね」

「むくれるな。褒め言葉だ」

これで女子を褒めているると思っているあたり、確かに宇静に恋愛経験はなさそうだなと、依依は失礼なことを思った。

「今後は正々堂々、だ。兄が相手でも、俺は逃げない。負けるつもりもない」

だから、と宇静は続ける。

依依の頬に触れた直後——、彼の柔らかい唇が耳朶《じだ》に触れる。

びくり、と震える反応すら愛おしむように、耳元に囁きを残していく。

「次はお前が起きているときに、触れることにする」

硬直する依依を置き去りにして、宇静は逃げるように部屋を出て行く。

依依はしばらく呆然としていた。

あのまま居座られても、倍以上に困っていただろうが、唐突にひとりにされても困る。

まだ、触れられた感触が残っている気がする。それに掠れた囁きの名残が、耳の中で木霊《こだま》しているような――。

「っっああ、もう！」

依依は布団にうつ伏せになって転がり、力任せに足をじたばたさせた。

「なんなの、あの兄弟は！」

二人して依依の頭の中身を、ぐちゃぐちゃにするのが目的なのだろうか。だとしたら、その目論見は成功しているといえる。それこそ、完璧なまでに。

第九章　温泉宮でのひととき

温泉宮で過ごす日々は、あっという間に過ぎていった。

宴が開かれ、月見の会があり、女性陣集まっての茶会があってと行事の連続で、依依《イーイー》は各所に引っ張りだこにされていたが、どれも楽しい時間だった。

いろいろとんでもない出来事もあったのだが――そちらについては、依依はなるべく考えないようにしている。その結果、不自然に飛傑《フェイジェ》や宇静《ユージン》を避けてしまって、ひどい目に遭ったりもしたのだが。

そしていよいよ明日の朝。皇帝一行は温泉宮を辞し、宮城へと戻る予定である。

温泉との別れは名残惜しいが、依依としてはそろそろ純花《チュンファ》に会いたいという気持ちが大きい。

少ない荷物をまとめていると、部屋の外から呼びかけてくる声があった。

「依依殿、瑞姫《ルイヂエン》様がお呼びです。案内しますので、宮までお越しください」

仙翠《シエンツイ》の声だ。依依は返事をし、すぐに立ち上がった。

温泉宮自体は貴人の宿泊所としての性格が強く、そう大きな建造物ではない。先導する仙翠について いくと、四半刻とかからず瑞姫が滞在する宮に到着した。

拱手し、まずは形式的な挨拶をしようとする依依だったが、そんな依依にてってと瑞姫が近づいてくる。

「ご足労いただきありがとうございます、お姉さま」

そうして、瑞姫はすごい勢いで言い放つ。

「実はわたし、お姉さまと一緒に温泉に入りたいのです！」

依依は目をぱちくりとする。

「……え？　私と温泉に？」

「はいっ、ふつつか者ですが、どうぞよろしくお願いいたします」

瑞姫が頭を下げる。柔らかそうなつむじが見える。

瑞姫の暴走を止めるのは、基本的には仙翠の役割だと依依は思っている。なんとか言ってあげてくださいよ、ということで仙翠に水を向けてみる。

「えっと、仙翠さん」

「依依殿。あなたは瑞姫様に多大な心配をかけた、ということをもう少し自覚ください」

しかしよくできる女官からは意外にも、依依のほうを注意する言葉が飛んできた。

「は、はい。すみません」

逆に依依が頰を搔いて謝る羽目になる。

（そうよね。瑞姫様も潮徳妃も、温泉にも入らずに帰還を祈ってくれていたそうだし）

自分たちばかりゆっくり休む気になれず、祈禱《きとう》をして過ごしていたのだという。荒くれ者に襲われて飛傑の安否が分からなかったからだろうが、依依のことも案じてくれたのだろう。

「大兄さまや小兄さまとは、一緒にお風呂に入れません。でも依依姉さまとわたしは女同士なので、何も問題ないはずです！」

温泉宮を離れるときになって、いろいろ吹っ切れたのだろうか。瑞姫はぐいぐいと押してくる。

しかし依依は、「いいですよ」と安請け合いできない。それには理由があった。

「でも、いいんですか？　瑞姫様の、その、裸体を見るというのは、私には畏れ多いというかなんというか……いえ、もちろん、直視したりはしませんけど」

「依依姉さま……」

瑞姫が頰を赤らめているので、なぜか依依まで気恥ずかしくなってきた。

「いえ、これは貴重極まりない機会です。絹のように艶やかな髪質は芸術品そのもののように輝かしいですし、磨き抜かれた玉の肌が汗ばみ桃色に上気する様を、その目にしかと焼きつけることをおすすめします」

（仙翠さんまで、いつもよりおかしなことを言ってるような……）

美人の肌をさらに美しくするのが温泉の効能だという。

湯に浸かるたび、さらに可憐に成長していく瑞姫を、専属女官である彼女はひしひしと感じ取っているのかもしれない。誰かと共有したい、というような意気込みが感じられる。

しかし過保護な仙翠も反対していないなら、依依から固辞する理由はない。もちろん畏れ多くはあるが、断るほうが瑞姫を傷つけてしまうだろう。

分かりましたと頷こうとしたところで、部屋の外から呼びかける女人の声がした。

「あら、お客様みたいです。どなたかしら」

仙翠が迎えに行く間、依依はこっそりと瑞姫に話しかけた。

「私、隠れていたほうがいいですよね？」

武官を自身の宮に連れ込んでいた、なんて他人に思われるのは、瑞姫にとって望ましくはないだろう。

「いえ、大丈夫ですよ。わたしに公に文句を言えるような人はあんまりいませんし、そういう失礼な人は追い出せば済む話なので」

（おお）

力強い返答である。常日頃から穏やかな顔ばかり見せているが、やはり瑞姫だって皇族の一員なのだと、依依は実感した。

仙翠に連れられてしずしずと入室してきたのは、芳《ファン》を後ろに連れた桂才《グイツァイ》だった。

「潮徳妃！」

「皇妹殿下にご挨拶申し上げます」

膝を折って挨拶を述べた桂才に、瑞姫が首を傾げる。

「潮徳妃、どうしたの？」

「……それが偶然、室内から話し声が聞こえたもので」

（いや、嘘ね）

徳妃に与えられた宮はここから遠い。偶然通りかかるということはないだろうし、そもそも桂才の息は上がっていた。

桂才は人型の呪符を用いて、いろんなところで情報収集させている。依依が瑞姫の宮に向かったと知り、慌ててやって来たに違いなかった。

「皇妹殿下、後生です。私も、依依様と一緒に、温泉に入らせていただけませんか」

瑞姫が窺うようにこちらを見る。

「潮徳妃は、私の秘密について知ってます」

「そうなんですね。もちろんいいですよ」

前半は依依に、後半は桂才への返答だった。

「ありがとうございます……！」

桂才は額ずく勢いで頭を下げている。必死すぎる態度に依依はさりげなく引いていた。

よくよく考えると、依依と温泉に入る許可を瑞姫が出すというのもおかしい。しかし細かく突っ込みを入れると、この二人相手ではきりがないような気もする。

（まぁ、いいか）

誰と入浴しようと、温泉は温泉である。依依は観念することにした。

混浴温泉――ではなく、花湯や炭酸泉が楽しめるという区画に、依依たち三人は薄衣をまとってやって来ていた。

温泉から上がる時間に合わせて、厨房では夕餉の準備も進めてくれているらしい。

今日の夕餉はなんだろう、とわくわくする依依に、瑞姫が明るい笑顔で話しかけてくる。

「依依姉さま、お背中お流しします！」

「いえ、大丈夫です」

さすがの依依も気が引ける。皇族に背中を流させる武官とかどんなんだろう。

「お待ちください。依依様のお背中は、私が流したく存じます」

「だめですよ、潮徳妃。この役目だけは譲れませんっ」

「しかし私も、この日を夢にまで見ていたのです」

二人が背中を流す権利を争っている間に、依依はさっさと身体を洗い、ざぶりと温泉に浸かった。

「あーっ！　姉さま、ずるいです！」

気がついた瑞姫がぶーぶー言っているが、ずるいも何もない。あのまま大人しく決着を待っていたら、依依は風邪を引いていただろう。

なんだかんだ言いつつ、二人はお互いに身体を洗っている。泡だらけになった背中を流し合っている姿を湯気の向こうに眺めて、依依は熱っぽい息を吐いた。

全身を洗い終えた二人もちゃぷちゃぷと湯に入ってきて、依依を挟んで腰を下ろす。

「温泉、気持ちいいですねぇ」

「……ですね」

「はい、とっても」

三人で、恍惚の溜め息を吐く。

「依依姉さま。力こぶ、見せてください」

「こうですか？」

前にもしてやったように、ぐっと上腕に力を込める。それだけで瑞姫は大喜びしている。

のんびりと湯に浸かっていると、豪奢な衣装をまとっているときより開放的な気分になってくるものなのだろう。

瑞姫は依依の肘に頭を乗せるように、ぴっとりとくっついてくる。

「えへへ。依依姉さまの力こぶ枕です」

意味はよく分からないが、ふにゃふにゃと笑う瑞姫の可愛らしさはすさまじかった。しどけない姫の笑顔に、依依は心臓のあたりを打たれた心地になる。

「依依様。どうか私にも、左腕の力こぶのご加護を」

やっぱり意味は分からないが、「どうぞ」と依依は差し出した。左腕の傷は、ほとんど跡が残らずに治っているので、桂才を乗せたところで支障はない。

感極まったように目を潤ませて、桂才も依依の力こぶに頭を預けてくる。二人分の体重を受け止めていても、お湯の中では軽く感じられた。

(なんだろう、これ……)

不可思議極まれりな状況だったが、二人が嬉しそうにしているので、依依は余計な口を挟まないことにする。たくさん心配をかけた、という負い目もある。

「もう帰らなくちゃいけないいなんて、悲しいです」

「そうですね」

瑞姫の言葉に、依依はゆっくりと頷く。

だが皇帝が、宮城を長く空けすぎるわけにはいかない。

約一月後には、女官登用試験も控えている。年季が明けて、後宮を去る宮女や女官がいるので、大々的に入れ替わりの時期となるそうだ。

林杏《リンシン》や明梅《ミンメイ》は後宮に残るという。後宮を出ても行く当てのないという二人は、今後も変わらず純花に仕える心積もりのようで、依依は安堵していた。

温かい湯に浸かって、依依が考えるのは純花のことである。

（純花はこれから、どうしたいのかしら）

春。初めて会ったとき、後宮の片隅に見つけた純花はひとりで泣いていた。

だが今は違う。彼女はもう孤独ではない。

信頼できる女官や友人を得た。我が儘を堪えたり、相手のことを慮ったりと、少しずつ精神的な成長も見せている。

（純花と、ちゃんと話してみよう）

彼女が妃であるから、依依は傍で見守るために武官であり続けている。

しかし深玉《シェンユ》の話では、上級妃であるからという理由で、一生涯を後宮で過ごすことはないとのことだった。

賢妃の称号を解かれたとき、純花は実家に戻る必要が出てくるかもしれない。

そのとき、今回の件で雄《シオン》に作った貸しをうまく利用できれば――以前夢見たような、純花と姉妹で仲良く過ごす道が現実味を帯びてくるのではないだろうか。

依依には、そんな考えが閃いていた。

（でも、もしもよ。もしも私が妃になったら……？）

純花が晴れて自由の身になったとして、そのとき依依はどうなっているのだろう。

若晴《ルオチン》は、自分の肉体や心については、依依はじゅうぶん理解できていると評してくれた。しかし二人からの告白を受けた依依には、己の心が分からない。

依依は、宇静や飛傑を好いているのだろうか。

もちろん彼らに対して、好意を抱いてはいる。しかしそれは友愛や敬慕と名づけることはできても、恋愛のそれと同じものなのだろうか。

どちらのほうが嬉しかったかと、飛傑は問うてきた。

依依は初めて、自分の心を探るのが怖いと感じた。

だが、それも当たり前のことだと思う。色恋とは無縁の生活を送ってきて、唐突に好意を告げられて、これでてきぱきと適応できるほうがおかしい。

（相手は皇帝陛下と、将軍閣下なんだし）

しかも片方は、妹の夫でもあるのだ。

（う～……）

考えすぎて、また逆上せそうになってきた。

「依依姉さま。何か、悩んでらっしゃいますか？」

よく気がつく瑞姫が、こてりと首を傾げてくる。

瑞姫に話したら彼女の兄にまで筒抜けになりそうだし、桂才に相談を持ちかけたりしたら「悩みの種ごと消しましょう」とか言って、怪しい術を使いそうだ。皇帝相手にそんな真似をさせたら、彼女が罪人になってしまう。

（もしも私が宮城を去ったら、この二人にも会えなくなるのよね）

今だって毎日のように顔を合わせている、というわけではない。

だが、そもそも依依はただの平民である。楊依依は北の寒村で走り回って生きてきたのだ。

雲上人である瑞姫や桂才。清叉軍の同僚にも、二度と会うことはなくなるだろう。それを思うと寂しい気がしてくる。

まだ都にやって来て半年足らず。

しかしここで、依依は多くの人と出会い、言葉を交わしてきた。結ばれた縁は数多く、今すぐ純花を連れて後宮を離れられるとしても、きっと依依は戸惑ってしまうことだろう。

（それだけ、毎日が楽しかったってことよね）

事件だらけで、陰謀に巻き込まれて、それでもなんやかや楽しかったのだ。

おいしいものを食べて、ふかふかの布団で寝て、きれいな花を見て――今までの依依では知りようもなかった多くを知った。

後顧の憂いを断つのは、依依が想像していた以上に簡単なことではない。

「なんだか眠くなってきました」

「今なら、いい夢が見られそうです……」

「……二人とも、寝ちゃだめですからね」

温泉で寝たら、それこそ風邪を引いてしまうだろう。

だが瑞姫も桂才もとっくに両の目蓋を閉じている。寝る気満々だ。

やれやれと呆れながら、依依は可憐な姫と、素朴ながら整った顔立ちの妃とを交互に見つめる。

（こういうの、両手に花っていうのかしら）

正しくは両こぶに花、だろうか。

そんなことを考えながら、依依はふわぁと欠伸を漏らし、同じように目蓋を閉じる。

温泉宮の屋根からは、ぴちぴちと可愛らしく囀る小鳥の声がしていた。

第十章　後宮への帰還

皇太后に、桜霞《インシア》と純花《チュンフア》。

それに他の妃嬪たちは皇帝を迎えるため、内廷門にて待ち構えていた。

温泉宮への道中、飛傑《フェイジェ》を狙う刺客が現れた――という一報は、数日前に後宮にも届いていた。

清叉軍によって見事刺客は撃退され、飛傑は怪我もなく温泉宮で休養している。そのように純花は聞き及んでいる。おそらくそれこそ、雄《シオン》が顔を見せた理由に関わっていることも想像がついた。

しかし結局、雄とその刺客らに、どんな繋がりがあったのか。目的はなんだったのか。

何も分からない純花は、不安で仕方がなかった。

最も心配だったのは、飛傑の同行者について何も情報が得られなかったことだ。

（お姉様は？　瑞姫《ルイヂエン》様はどうなったの？）

二人は無事なのだろうか。それに深玉《シェンユ》や桂才《グイツァイ》、清叉軍の面々も怪我はないのだろうか。

その中でも、やはり気にかかるのは依依《イーイー》のことだった。たくさんの護衛に守られる瑞姫よりも、依依のほうが危険は多いはずだ。

（もしお姉様に何かあったら、わたくしは）

信じると決めたのに、いざこのときを迎えると怖くて仕方なくなる。

「大丈夫ですよ、灼賢妃。皆様ご無事だそうですから」

「……ありがとう、樹貴妃」

静かに震えている純花を案じてくれたらしい。桜霞に話しかけられるが、純花はぎこちなくお礼の言葉を返すことしかできなかった。

（お姉様……）

待ち続けていると、開け放たれた門から馬車が入ってくる。

純花は息を呑み、清叉軍に護衛される馬車を注視した。

事故があったのか、二台に減った馬車は石畳の路をやって来ると、颯爽と停止した。

踏み台が置かれて、まず優雅に降りてきたのは飛傑である。彼が手を貸すのは瑞姫。後ろの馬車からは深玉と桂才が姿を見せ、女官たちも続く。

見たところ全員、特に怪我はなさそうだ。

「お帰りをお待ちしておりました、皇帝陛下」

皇太后が微笑みと共に唱え、妃嬪全員が復唱して礼をとる。

（やっぱり、お姉様はいない）

純花は頭を下げたまま、しゅんと項垂れそうになる。

笑みを浮かべた飛傑が、頭を下げる実母の腕をそっと取った。

「母上。みなも心配をかけたな」

まず彼は皇太后と二言三言交わしてから、親族である桜霞に話しかけた。何か変わったことはないか訊ねているようだが、桜霞は笑顔で首を横に振っている。

それから顔を向けてくるのは純花である。

依然として弱い立場に置かれている純花を守るために、飛傑は人前で親しげにしたり、灼夏宮に訪ねてくることも多くなった。その理由は無論、彼が姉の依依を気に入っているからである。

「あまり暗い顔をするな、灼賢妃」

その言葉に、純花ははっとして、にっこりとした笑みを顔に貼りつけた。

なんせ、皇帝陛下の無事の帰還を喜ぶ場である。この場で純花が暗い顔をしていては、二心ありと周りに思われてしまうかもしれない。

（もしも灼雄《シャクシオン》がこの事態に関わっているなら、なおさらだわ）

今のところ、灼家が捕まっているような話は入ってこないから、純花の考えすぎかもしれないが
……雄が何かを知っていたのは本当のことだ。

「無理に微笑めと言ったわけではないのだが」

（そう言われても……）

やや不満げな顔をすると、耳元に囁かれる。

「依依は円淑妃を庇って左腕に怪我を負ったが、ほとんど完治している。案ずることはない」

「円淑妃を……？」

灼夏宮の庭で、依依は純花を狙う刺客相手に大立ち回りを演じてみせた。二対一にも拘《かか》わらず無傷で撃退してみせたのだ。

そんな依依が、簡単に怪我をするだろうか。

（まさかあの女。皇帝に近づきたいなんて理由で、お姉様の足を引っ張ったんじゃ……）

純花の推測は一部が当たり、一部が外れていた。

渦巻くような怒気を感じ取ったのだろう。飛傑が再び顔を寄せてくる。

その姿は、周りからすると親しげなものに見えているのだろう。純花の視界のはしで、深玉が苛立った顔をしている。

「そう怒るな。淑妃もわざと依依を危険に晒したわけではない。それに余やそなたが思うより、あれは存外素直な女子であったらしい」

（淑妃が？）

そんな表現と最も縁遠いのが深玉である。こちらを睨む顔つきは、確かに素直で率直で、分かりやすくはあるけれど。

「それと朗報だ。灼夏宮に戻れば、いいことが起きるぞ」

「……？」

純花は細い眉宇《びう》を寄せる。

いまいち飛傑の言わんとするところが分からない。そんな不可解そうな心情が顔に出ていたようで、無駄に見目のいい皇帝はうっすらと微笑んだ。

「寄り道をせず宮に戻るといい」

丁寧に付け加えられると、むしろちょっと怖い気がしてくる。

「……まさか、灼夏宮に刺客を送られたとか？」

恐る恐る問うと、飛傑が目を見開いた。

「おもしろいことを言う。それが事実だとするなら、余に直接確認するのは大胆な一手だな」

純花はむぐっと押し黙る。言葉遊びで飛傑に勝てる気は端《はな》からない。

即位から間もない飛傑であるが、彼は先帝の時代に崩れ、綻びてしまったものをひとつずつ立て直していくように尽力してきた。汚職に染まっていた長官は取り除かれ、食糧難に喘ぐ民のために食糧庫を開放した。

しかし政治的手腕に優れた皇帝といえど、万民に慈悲深いわけではない。純花にとっての飛傑は、慈悲とはほど遠い人物だった。

依依は師が亡くなった出来事をきっかけとして、彼女の言葉を頼りに宮城へとやって来た。そうして純花と出会ったわけだが、もしも依依がいなければ、今頃純花は後宮にはいられなかっただろう。少なくとも、賢妃の地位は失っていたはずだ。

呪われた妃だと噂を流され、ひとり追い詰められていく純花に、飛傑は一度たりとも手を伸ばそうとはしなかった。救おうとはしなかった。

(この男は今も昔も、わたくしにはまったく興味がない)

ただし、その点については純花も同じなので、あまり文句は言えない。

飛傑を愛していないし、愛するつもりもない。むしろ姉にちょっかいをかける不届き者だと認識している。

だから純花は依依に、何度も自分の女官になってほしいと伝えた。そのほうが皇帝付き武官よりもよっぽどましだからだ。守り切ることはできずとも、今より純花にできることは多くなる。

しかし依依は、皇帝付き武官という役割にそれなりの意義を見いだしているようだった。今のところ武官をやめたがる挙動を見せていないことからも、その心情が窺える。

「純花姉さまっ」

考え込む純花の腕に抱きついてきたのは、瑞姫である。

「瑞姫様。大丈夫だった?」

「ええ。清叉軍の皆さまが守ってくれましたから、平気です」

にこにこと微笑む瑞姫に、含むところはない。

やはり依依の怪我は大したことがなかったのだ、と純花はほっとする。

「それで純花姉さま。大兄さまの言う通り、寄り道せずに灼夏宮に戻るのをおすすめします」

「……本当に?」

「はい。とってもいいことがあるからです。でもわたしの口からはお伝えできません」

　ふふふ、と口元を緩ませた瑞姫が純花を離す。

「また後日、お土産話を語りに伺いますね。それでは」

　手を振って、瑞姫が皇太后のところに向かっていく。

　その可憐な後ろ姿を見送ってから、純花は口を開いた。

「林杏《リンシン》。早く帰りましょう」

　胡散臭《うさんくさ》い飛傑はともかく、瑞姫の言うことならば信じられる。

　林杏を連れて、純花は自身の宮へと引き返していく。

「灼賢妃、大丈夫ですよ。姉君はご無事なんですから」

「……そうね、林杏。またお姉様に文を書くわ。豆豆《ドウドウ》に持って行ってもらいましょう」

　励ますように言う林杏に、純花は返事をする。だが、うまく笑うことはできなかった。

　依依に直接会うことはできない。

　抜け道を使い、清叉寮に向かう手がないわけではないが……温泉宮から戻ってきたばかりで、今日は寮も一段と騒がしいだろう。そんなところにのこのこと出て行くわけにはいかない。

（これから先、ずっとこんな生活が続いていくのよね）

　それを思うと、暗澹《あんたん》たる心持ちになる。

　生き別れの実姉と再会することができて嬉しいけれど、純花は後宮にいる限り、姉に自由に会える立場ではない。

一緒に店を巡って買い物したり、温泉に行ったり、怪我の具合を直接確かめることもできない。

今後も、そんな自由な生活がやってくることはないのだ。

それに――もしも依依が武官を辞して、故郷に帰る気になれば、純花に彼女を止める手立てはない。後宮の高い塀を見上げて見送ることしかできないのだ。

(だめだわ。泣きたくなってきちゃった……)

つくづく自分の弱さがいやになる。純花はすんと鼻を鳴らして、涙を堪えた。

暗闇で苦しんでいた純花を、依依が力強く救い上げてくれた。日の当たる場所へと導いてくれた。

そのおかげで、今の純花がある。

強くなりたい、と思った。少しでいいから、姉の役に立ちたいと。

(でもわたくしは、何も変わっていない。わたくしは……)

鬱屈としながら灼夏宮に戻ると、出迎える声があった。

「あっ、純花」

夢の中で何度も聞いた、その声。

純花は、口を半開きにして固まる。

後ろには微笑む明梅《ミンメイ》が付き添っている。その人を宮に招き入れたのは彼女のようだ。

だが純花は、目の前の光景がなかなか信じられなかった。

「……ま、幻？」

服の袖で、純花は目をごしごしと拭う。

けれど、その人は消えない。幻ではないからだ。

そこに立っていたのは、依依だった。


「お姉様ぁ！」

飛び掛かるように抱きついてきた純花を、依依はよろめくこともなく受け止める。

「お姉様、お姉様！　無事で良かったわ、本当に……！」

純花の双眸には涙が溜まっている。妹の小さな頭を、依依はよしよしと撫でてあげた。

「……ええ。私は大丈夫よ、純花」

「でも怪我を……左腕に怪我をしたって聞いたわ。平気なの？」

（皇帝陛下から聞いたのかしら）

純花が不安がるのに、余計なことを。

と思うものの、それは飛傑なりの誠意でもあるのだろう。

「それならまったく問題ないの。ほら、ほとんど跡も残ってないし」

そも、依依の基準でいうとかすり傷だ。彼女の身体には、猛獣と乱闘したときに作った消えない傷がいくつも刻まれている。

胸を撫で下ろした純花だったが、すぐにまた顔を上げる。

「でも、どうしてお姉様が後宮にいるの？　しかも武官の格好で……」

春彩宴や市などの行事が催されているわけではない。

皇帝を除くと後宮に入ることができる男は、皇族か、あるいは上級妃の身内かに限られる。灼家は純花に姉がいるなど知る由もない。その許可が依依に与えられるはずはない。

武官である依依が堂々と後宮に入ることができるなんて、普段からは考えられないことなのだ。

すると依依は、得意げに笑ってみせた。

帯に触れると、そこから垂れる宝石に純花の視線が釘付けになる。

「これは？　きれいな石……」

「あっ、こっちは違うの。夜明珠っていう高くて珍しい石らしいんだけど」

今、純花に見てほしいのはもうひとつの授かり物だ。

「あのね。私、皇太后陛下からこれをもらったのよ」

「え？　……これ、まさか」

「そう。男子であっても自由に後宮に出入りができる、すっごい代物なんですって！」

依依が腰に下げているのは、竜紋佩《りゅうもんはい》である。

（まさか皇太后陛下が、こんな手配をしてくれていたとは）

女の園である後宮。その所有者が皇帝であっても、実質的な支配者は皇太后である。皇后不在の今、後宮内の権力は彼女に集中しているといっていい。

皇帝以外に後宮に入ることができる男は、大事な部分を切り捨てて男でなくなったもの――宦官に限られるというのが、後宮の常識だ。

しかしこの佩を持つ人間は、皇帝にどこだろうと付き従う権利が得られる。

宇静《ユージン》にはすぐに許可を出したという皇太后だが、彼女は瑞姫を助けた功績を持つ依依にも同様の許可証を与えてくれたのだった。

皇太后が口にしていた〝特別な褒美〟とは、瑞姫と共に過ごす温泉旅行ではなく、佩のことを指していたわけである。

これを依依は、温泉宮を旅立つその日に飛傑より渡された。

（結局、いつでも瑞姫様に会える贈り物なわけだけど！）

純花の頰が見る見るうちに、喜びによって紅潮していく。

「じゃあこれからは、もっとお姉様に会えるようになるのね？」

「皇帝陛下を警護するときに使うっていう名目だから、毎日ってわけにはいかないと思うけどね」

しかし純花は、ふるふると首を横に振る。

「なんでもいいわ。お姉様に今より会えるようになるってだけで、わたくし嬉しいもの！」

そんな妹を見つめて、依依は思う。

考えないといけないことは、たぶん依依が思うより増えているけれど。

(うん、今だけは全部、いいや！)

そう、依依はすっぱりと割り切ることにする。

飛傑からの求婚。宇静からの告白。悶々としてしまうそれらを、一度忘れる。

「……そうだわ、お姉様。びっくりしすぎて、肝心のことを言いそびれちゃった」

はにかんだ純花が、涙目でその言葉を口にする。

「お帰りなさい、お姉様」

依依は、晴れ渡る空のように笑う。

「ただいま、純花！」

今はとにかく泣き虫な妹を、力いっぱい抱きしめてあげたかった。

宴の夜

いくつもの燭台に、明かりが灯っている。

明るく照らされた望楼で開かれているのは、大きな宴であった。

黒布を巻いた男たちに狙われながらも、飛傑《フェイジェ》と深玉《シェンユ》が無事帰還した。それを祝う宴の席である。

といっても、皇族や妃、武官の群れとが同じ席で飲み交わすというわけにはいかない。そこで温泉宮にある二層の望楼を使い、下の層を清叉軍が、上の層を貴人たちがそれぞれ使用しているのだった。

宴席の場は無礼講である。わいわいがやがやと騒ぐ声は上層にも聞こえているだろうが、今夜ばかりは大目に見てもらえるのか、今のところ特にお叱りはない。

「聞いてくださいよ大哥！　大哥不在の間の、おれの八面六臂の活躍について……！」

「うん、聞いてあげるわ。でも涼《リャン》から逐一、嘘や虚言が交じってないか確認するけど」

「ひでえや大哥！　これが嘘を吐く人間の目に見えるっていうんですか!?」

「ちゃんと見えるわよ、自信を持ちなさい」

依依《イーイー》は早くも顔を真っ赤にした鳥相手に軽口を叩く。

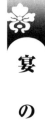

酒を飲んでいる武官が多いが、依依にとっては食事のほうが重要だ。最初の一杯のあと、すぐにその手は料理の皿へと伸びていた。

目の前に並ぶ点心の器を、依依は片っ端から空にしていく。豪華で温かな料理は次々と厨房から運び込まれてくる。

「しかし、依依が無事に戻ってきて良かったよ。襲撃のときは、もうだめかと思ったからな……」

魚の甘酢がけをつついていた涼が、重たげな息を吐く。宴の場であっても、彼は浮かれてばかりではないらしい。

「何言ってんだ好青年。おれは何も心配してなかったぞ」

胸を張る鳥に、両脇から牛豚が突っ込む。

「いや坊ちゃん、温泉宮に着いた日の夜は『大哥を捜してくる！』って泣きながら飛び出そうとしたじゃないですか」

「夜は危ないからだめですって止めても、ぜんぜん聞いてくれないし……」

「やめろ！　大哥に聞こえたらどうすんだ！」

慌てふためく鳥だが、この距離なので全部聞こえている。

肩を揺らして笑っていた依依は、視線に気がついて顔を上げる。二層から下りてきた宇静《ユージン》が、こちらを見ていた。

どうやらお呼びがかかったらしい。

「ごめん。私、ちょっと行ってくるわね」

二層では、飛傑たちが宴を開いていると聞いている。奏でられていた二胡の音がいつの間にか止んでいるので、音楽家はもう辞しているのかもしれない。

宇静と共に向かってみると、その場はがらんとしていた。

「あれ？　円淑妃や潮徳妃は？」

「淑妃は酔いが回って、温泉に向かった。徳妃は少しだけ食事をして早々に帰ったな」

「そうなんですね」

（四夫人、自由だわ）

依依は感心しつつ、その場に残る飛傑と瑞姫《ルイヂエン》を見やる。

脇息に肘を置いた飛傑は、手の中で酒杯を回している。そこから少し離れた席で、瑞姫は仙翠《シエンツィ》に見守られ、ちょこちょこと野菜をつまんでいた。

飛傑は依依に気がつくと手招きをしてきた。

警戒しつつも、依依はそんな彼に近づいていく。

「お呼びでしょうか、皇帝陛下」

今日は同僚との親交を深めるようにと言われ、のんびり過ごしていた依依だったが、何か重大な用事があるのだろうか。

そう思っていたのに、飛傑は思いがけないことを言い放つ。

「依依。一緒に温泉に入るか」

「……はっ？」

依依の顔に一気に熱が上る。

（え？　聞き間違い？）

耐えきれなかったように、傍らの宇静が口を挟む。

「陛下、お戯《たわむ》れを」

「別に酔っていない」

飛傑がわざとらしく、眉墨を流した柳眉を顰《ひそ》めてみせる。

顔色からすると、確かに酩酊しているようには見えないのだが、発言は酔っ払いそのものだ。口には出せないが、部類的には助平のそれでもある。

こほん、と依依は咳払いをした。

「酔いがひどいようなので、お水を飲んだほうがいいです。注いでさしあげます」

「口移しで飲ませてくれるのか」

依依は丸い後頭部をはたきたくなった。

飛傑は笑っている。明らかに、依依にあの日のことを思い出させようとしている。

「ふざっ……ふざけたこと言わないでください」

焦りすぎて舌を噛んでしまった。

口元を押さえて悶絶しながら、依依は飛傑をきっと睨みつける。

「すまない。少し困らせてみたくなっただけだ。……ここ数日、避けられているようだからな」

(うっ)

その話を持ち出されると、依依としても気まずい。

「それは、その……だって、あんなこと言われたら」

そりゃあ避けたくもなる。そう言い張りたい依依だが、語尾が萎んでしまい、うまく言葉が出てこない。

「兄上は、依依になんと言ったのですか」

なぜか宇静は依依ではなく、飛傑に向けて問うている。飛傑は挑発的な笑みを浮かべて、さらりと返した。

「余の妃になれと伝えただけだ」

「ちょっ」

この発言に、跳び上がったのは依依である。

なぜばらす。いや、それは飛傑の自由かもしれないが、目の前で話すのはやめてほしい。

「そなたはどうだ、宇静。自分と婚姻するよう依依に迫ったのか？」

「……俺は」

宇静が視線を彷徨わせる。慌てふためいた依依は言い募った。

「しょっ、将軍様は、私のことが好きだとおっしゃってました！」

「なぜばらす……」

酒が入っているせいか、あるいは酒に酔いきれなかったせいか。三人それぞれ、程度は違えど動揺しているようである。

「余には啖呵《たんか》を切っておいて、それか。思っていた以上に、逆転の目は残っているのかもな」

（え？　逆転の目？）

混乱する依依は、もはや飛傑が何を言っているかも分からない。

そんな三人の姿を見守って、瑞姫はといえば固唾《かたず》を呑んでいた。

「仙翠、すごいわ。あの大兄さまと小兄さまが、堂々と依依姉さまを取り合ってる！」

「はぁ……そうですね」

そこで飛傑が、はしゃぐ瑞姫に目を向ける。

「ところで瑞姫、そなたにも訊きたいことがある。あの夜明珠は――」

「あ、そうだった。依依姉さま、庭にある池がとてもきれいなんです。これから一緒に見に行きませんか？」

瑞姫としては、この場から逃れる方便のつもりだったのかもしれない。

「それなら余も行こう。夜風に当たれば、酔い覚ましになるからな」

「えっ？　えっと……」

瑞姫は狼狽えているが、仙翠の目は「諦めてください」と言っている。愛らしい皇妹殿下は怒れる未来を想定したのか、溜め息を吐いていた。

皇族二人が散歩をするとなれば、護衛としてついていかないわけにはいかない。しかし瑞姫ではないが、どうにも気が重い。

そんなことを思っていたら、歩き出していた宇静と飛傑が、ほとんど同時に振り返った。

「行くぞ、依依」

重なる声を聞けば、今さらいやですと駄々をこねる気もなくなってしまう。

「分かってますって」

依依は笑顔で答えて、一歩を踏み出す。

宴の夜は、まだまだ終わらない。

あとがき

お久しぶりです。榛名丼です。

この度は『後宮灼姫伝』をお手に取っていただき、誠にありがとうございます。

第三巻は今までと異なり、依依たちが後宮ではなく、紗温宮なる温泉宮へと向かうストーリーになっております。

モデルにしているのは唐代に造られた華清宮という離宮です。豪華絢爛な離宮だったそうで、唐の第六代皇帝である玄宗が、楊貴妃を伴ってきゃっきゃうふふと楽しく過ごしたことで有名ですね。羨ましいですね。

※ここから先は本編のネタバレを含みますので、未読の方はご注意ください。

一巻二巻とぶっ通しで働き詰めだった依依にゆっくりしてほしい……と当初は考えていたはずが、彼女がお湯に浸かってのんびりしていたのは終盤だけでした。守ったり戦ったりサバイバルしたりと、いつも以上に忙しかったかもしれません。

今回は温泉組とお留守番組に分かれ、依依は温泉組、純花はお留守番組でした。ほとんど武官として行動していた依依でしたが、タイトル通り、しっかりと妹の身代わりも務めております。

お話を思いついたきっかけは、第二巻の春野先生のあとがきイラストでした。もともとは二巻の表紙候補だったイラストです。確かシリアス寄りすぎるかも？　という理由で、現在の月餅もぐもぐイラストに決まった覚えがあります。

拝見した瞬間、妃の姿で戦う依依、かっこかわいい！　とときめきました。

というわけで今回、依依には徒手空拳で戦ってもらいました。本人も希望していたので、いつかは虎と戦う依依も書いてみたいです。


そういえば『兵馬俑と古代中国』の展示があると知り、いそいそと静岡県立美術館にお邪魔してきました。

二か月以上開催されていたのですが、展示終了直前の平日に行ったらものすごい盛況ぶりでした。人波に押し流されつつ合計三時間ほど見て回って、貴重な資料を撮影させていただきました。

『後宮灼姫伝』は主に唐の時代をイメージしています。展覧会は秦漢文明の展示なので、時代は異なりますが、古代中国の美しさや不思議さが余すところなく感じられて、とても楽しい時間を過ごせました。

館内にあるレストランでいただいた、あさりを使った海鮮パスタが、これまた美味でした。食べるの大好き人間なので、おいしいものに紐付く記憶だけは鮮明だったりします。

……なんて、つい先日の出来事みたいに書いてしまいましたが、アルバムの日付を見たら昨年の八月下旬のことでした。これを書いている今も八月です。あれから一年経ったのか、と時の流れの速さに驚かされました。わたしがぼんやりしすぎなのかもしれません。

そして大変嬉しいことに、この三巻と同時に『後宮灼姫伝』コミック第一巻が発売されます。漫画家のさくみね先生が、香国の世界を麗しく魅力的に描いてくださっております。毎話わくわくしながら原稿を拝見しています。

第一話は巻頭カラーなのですが、黒髪ポニテ依依がとっても新鮮で可愛らしいです。元気いっぱいな依依たちの活躍を、ぜひコミックでも見守ってください。

最後に謝辞になります。

担当編集のM様。作者すら失念していた前巻の描写を正確に覚えていてくださったりと、今回も圧巻でございました。いつもありがとうございます。

イラストレーターの春野先生。今巻も素敵なイラストをありがとうございます。表紙の依依がすごく大人っぽくて、いろんな出会いを経て成長したのは純花だけじゃないんだな、と感慨深くなり

ました。それでも温泉卵を手放さない依依が可愛くて大好きです（笑）
この本を選んでくださった読者の皆さまにも、心より感謝申し上げます。楽しんでいただけたら幸いです。
鈍感な依依ですが、いよいよ陸兄弟にも火がつき、本気で迫られつつあります。陸兄弟以外の面々も、相変わらず活発に動いております。今のところ妹第一！　な依依ですが、どう転んでいくかは作者にも分かりません。
今後とも『後宮灼姫伝』シリーズを、どうぞよろしくお願いいたします。

３巻発売おめでとうございます！

２巻から引き続きイラストの担当をさせて頂きました。
ついに依依が宇静と飛傑から告白されちゃいましたね！
今までとは違う表情を描けて楽しかったです･･･！
ぜひそこにも注目して頂ければと思います。

春野

3巻発売おめでとうございます！

この度ご縁を頂きコミカライズを担当させて頂くことになりました。
1巻を拝読しすぐに夢中になった大好きな作品に、こうして関わることができて本当に嬉しく思います。今後3人の関係がどうなっていくのかドキドキしながら皆様と一緒に今後の展開を待ちたいと思います！

さくみね

大人のエンタメ、ど真ん中！
SQEX ノベル
毎月7日発売
SQEXノベル
片田舎のおっさん、剣聖になる
～ただの田舎の剣術師範だったのに、大成した弟子たちが俺を放ってくれない件～
著者：佐賀崎しげる
イラスト：鍋島テツヒロ
万能「村づくり」チートでお手軽スローライフ
～村ですが何か?～
著者：九頭七尾
イラスト：セ川ヤスタカ
私、能力は平均値でって言ったよね！
著者：FUNA　イラスト：亜方逸樹
悪役令嬢は溺愛ルートに入りました!?
著者：十夜　イラスト：宵マチ
逃がした魚は大きかったが釣りあげた魚が大きすぎた件
著者：ももよ万葉
イラスト：三登いつき
●誤解された『身代わりの魔女』は、国王から最初の恋と最後の恋を捧げられる
●転生したら最強種たちが住まう島でした。この島でスローライフを楽しみます
●転生幼女は前世で助けた精霊たちに懐かれる　他

GC UP!
毎月7日発売
悪役令嬢は溺愛ルートに入りました!?
原作：十夜・宵マチ　作画：さくまれん
構成：汐乃シオリ
失格紋の最強賢者
～世界最強の賢者が更に強くなるために転生しました～
原作：進行諸島（GAノベル/SBクリエイティブ刊）　漫画：肝匠&馮昊（Friendly Land）
キャラクター原案：風花風花
神達に拾われた男
原作：Roy　漫画：蘭々
キャラクター原案：りりんら
転生賢者の異世界ライフ
～第二の職業を得て、世界最強になりました～
原作：進行諸島（GAノベル/SBクリエイティブ刊）　漫画：彭傑（Friendly Land）
キャラクター原案：風花風花
お隣の天使様にいつの間にか駄目人間にされていた件
原作：佐伯さん（GA文庫/SBクリエイティブ刊）　原作イラスト：はねこと
作画：芝田わん　構成：優木すず
ここは俺に任せて先に行けと言ってから10年がたったら伝説になっていた。
原作：えぞぎんぎつね（GAノベル/SBクリエイティブ刊）　漫画：阿倍野ちゃこ
ネーム構成：天王寺きつね　キャラクター原案：DeeCHA
勇者パーティーを追放されたビーストテイマー、最強種の猫耳少女と出会う
原作：深山鈴　漫画：茂村モト
マンガUP!　毎日更新
●「攻略本」を駆使する最強の魔法使い ～<命令させろ>とは言わせない俺流魔王討伐最善ルート～
●おっさん冒険者ケインの善行
●魔王学院の不適合者 ～史上最強の魔王の始祖、転生して子孫たちの学校へ通う～
●二度転生した少年はSランク冒険者として平穏に過ごす ～前世が賢者で英雄だったボクは来世では地味に生きる～
●異世界賢者の転生無双 ～ゲームの知識で異世界最強～
●冒険者ライセンスを剥奪されたおっさんだけど、愛娘ができたのでのんびり人生を謳歌する
●落第賢者の学院無双 ～二度目の転生、Sランクチート魔術師冒険録～
他

BG
COMICS
ビッグガンガン
毎月25日発売
薬屋のひとりごと
原作：日向夏 作画：ねこクラゲ
(ヒーロー文庫／イマジカインフォス)
構成：七緒一綺
キャラクター原案：しのとうこ
シノハユ
原作：小林 立
作画：五十嵐あぐり
ひきこまり
吸血姫の悶々
原作：小林湖底
(GA文庫／SBクリエイティブ刊)
キャラクター原案・漫画：りいちゅ
怜-Toki-
原案：小林 立
漫画：めきめき
ハイスコアガール
DASH
押切蓮介
咲-Saki-阿知賀編
episode of side-A
原作：小林 立
作画：五十嵐あぐり
ゴブリンスレイヤー
原作：蝸牛くも 作画：黒瀬浩介
(GA文庫／SBクリエイティブ刊)
キャラクター原案：神奈月昇
スーパーの裏で
ヤニ吸うふたり
地主
BADON
オノ・ナツメ
月刊ビッグガンガン
BG
Monthly BIG GANGAN
毎月25日
発売

GC ONLINE
毎月12日発売
月刊少女野崎くん
椿いづみ
合コンに行ったら女がいなかった話
蒼川なな
スライム倒して300年、知らないうちにレベルMAXになってました
原作：森田季節　漫画：シバユウスケ
(GAノベル/SBクリエイティブ刊)
キャラクター原案：紅緒
わたしの幸せな結婚
原作：顎木あくみ　漫画：高坂りと
(富士見L文庫/KADOKAWA刊)
キャラクター原案：月岡月穂
経験済みなキミと、経験ゼロなオレが、お付き合いする話。
原作：長岡マキ子　漫画：カルパッチョ野山
キャラクター原案：magako
アサシン&シンデレラ
夏野ゆぞ
私がモテないのはどう考えてもお前らが悪い！
谷川ニコ
同居人の佐野くんはただの有能な担当編集です
ウダノゾミ
SQUARE ENIX WEB MAGAZINE
ガンガンONLINE
オンライン
毎日更新
●血を這う亡国の王女　●王様のプロポーズ　●魔術師団長の契約結婚
●落ちこぼれ国を出る ～実は世界で4人目の付与術師だった件について～
●家から逃げ出したい私が、うっかり憧れの大魔法使い様を買ってしまったら　他

YG COMICS
ヤングガンガン
毎月25日発売
その着せ替え人形《ビスク・ドール》は
恋をする
福田晋一
不器用な先輩。
工藤マコト
咲―Saki―
小林 立
ダンジョンに出会いを
求めるのは間違って
いるだろうか II
原作：大森藤ノ 漫画：矢町大成
キャラクター原案：ヤスダスズヒト
デッドマウント・
デスプレイ
原作：成田良悟
作画：藤本新太
ゴブリンスレイヤー外伝：
イヤーワン
原作：蝸牛くも 作画：栄田健人
（GA文庫／SBクリエイティブ刊）
キャラクター原案：足立慎吾／神奈月昇
メカニカル バディ
ユニバース
加藤拓弐
ヤングガンガン
YOUNG GANGAN
毎月
第1・第3
金曜日発売

SQEXノベル

後宮灼姫伝　3
～妹の身代わりをしていたら、いつの間にか皇帝や将軍に寵愛されています～

著者
榛名丼
イラストレーター
春野薫久

2023年10月6日　初版発行

発行人
松浦克義
発行所
株式会社スクウェア・エニックス
〒160－8430
東京都新宿区新宿6－27－30　新宿イーストサイドスクエア
（お問い合わせ）スクウェア・エニックス　サポートセンター
https://sqex.to/PUB

印刷所
図書印刷株式会社
担当編集
増田翼
装幀
伸童舎

ISBN978-4-7575-8779-3　C0093　　Printed in Japan